Ma vie cylindrique

Cécile Briand

Ma vie cylindrique est la traduction du français au français de *Métaphysique des tubes* d'Amélie Nothomb, paru en 2000 aux Éditions Albin Michel.

D'un texte à l'autre, les mots ont tous été changés et pourtant, l'histoire reste la même.

Ce livre est une sorte de double, de jumeau qui, vous le lirez, mène sa vie en parfaite indépendance.

À savoir : Les mots qui n'ont pas pu être traduits sont en italique. Seul « Dieu » échappe à cette règle, avec quelques noms propres, pronoms, nombres ou termes spécifiques de durée - n'ayant pas d'équivalent.

Afin de faciliter la comparaison des textes (pour ceux qui aimeraient mesurer la transformation), la mise en page de *Ma vie cylindrique* se calque sur les éditions du Livre de Poche de *Métaphysique des tubes*.

Voilà pourquoi la marge haute varie de page en page selon que la traduction a entrainé une diminution ou une augmentation du nombre de mots.

Cette libre adaptation de *Métaphysique des tubes* a reçu l'accord d'Amélie Nothomb et des Éditions Albin Michel.

Aux premiers jours, on ne trouvait aucune trace d'existence. Un néant que l'on ne pouvait pas confondre avec un trou, non plus avec un plein : il était ce qu'il était. Dieu pensa qu'il ne pouvait y avoir meilleur état et il n'aurait souhaité en aucun cas y ajouter quelque chose. Ce néant ne lui était pas juste agréable, il le remplissait de bonheur.

Les paupières de Dieu n'étaient jamais fermées et ses globes oculaires restaient immobiles. Que ses paupières soient levées ou non, s'il y avait eu quelque chose à observer, Dieu ne s'y serait pas intéressé. Il ressemblait à un *œuf* cuit : empli, lourd, tout en courbes et statique.

Dieu ou Le contentement suprême. Il ne ressentait nul besoin, nul désir, il ne voyait pas ce qui l'entourait, ne devait renoncer à aucune chose, il se fichait de tout. Son degré d'épanouissement ne correspondait pas aux normes de l'existence : Dieu n'existait pas, il était Dieu.

Il n'avait aucun souvenir de sa naissance. Plusieurs ouvrages importants commencent par des mots si ordinaires qu'ils s'effacent dans l'instant, donnant la sensation que cela fait une éternité qu'on se promène dans leurs pages. De la même façon, on ne s'était pas rendu compte de l'arrivée de Dieu. On croyait qu'il avait de tout temps été là.

Dieu, dépourvu de moyens de communication, ne raisonnait pas non plus. On le voyait comblé, et infini. Ainsi, l'ensemble de ces éléments confirmait bel et bien que Dieu existait. Ce dont se moquait complètement Dieu qui ne cherchait pas à se définir en tant que tel.

Toute créature qui voit a un *regard*. Ce phénomène mystérieux n'a pas d'équivalent : l'« entendard » n'existe pas, l'« odorard » ou le « flairard » non plus.

Comment peut-on définir le *regard* ? On ne peut pas. Il n'y a pas de vocabulaire adapté à sa singulière nature. Le *regard* est cependant bien réel et son indice de présence fait partie des plus élevés.

Peut-on comparer les êtres qui voient et possèdent ce *regard* à ceux qui voient, mais en sont dépourvus ? La comparaison porte sur un seul élément : l'existence. Sans *regard*, il n'y a pas d'existence.

Dieu était dépourvu de *regard*.

Dieu connaissait trois fonctionnements étroitement liés : faire passer les aliments dans son conduit, les broyer et les faire sortir. Dieu ne se rendait pas compte des mouvements générés par son organisme. Il ingurgitait tous les jours la même chose et cette chose avait si peu de saveur qu'il n'y faisait pas attention. Cela valait aussi pour les liquides absorbés. Dieu faisait en sorte que tous les trous de son organisme laissent passer le dur comme le fluide et que ces substances suivent leur cheminement.

Arrivé à ce niveau de croissance, on pourra désigner Dieu en ces termes : le cylindre creux.

L'ontologie s'intéresse aux cylindres creux. Slawomir Mrozek a publié sur les tubes souples des réflexions d'une extrême richesse - ou d'une grande drôlerie, il y a de quoi hésiter. Sans doute les cylindres creux rassemblent-ils toutes ces caractéristiques : ils font cohabiter de façon unique le tout et le rien, une substance faite de néant, une fine couche de vie enrobant du vide. Le tube souple est le pendant mobile du cylindre creux : l'élasticité n'enlève rien à son mystère.

Dieu était élastique comme un tube souple et en même temps raide et immobile, preuve qu'il était bien un cylindre creux. En tant que tube, il nageait dans un bonheur sans limites. Le Tout passait par lui, sans y rester.

La mère et le père du cylindre creux se faisaient du souci. Ils firent venir des docteurs auprès de leur petit bout de substance, trop peu réactif.

Les spécialistes l'auscultèrent, tentèrent de le faire réagir par de petits coups au niveau des jointures sensibles, mais en vain. On projeta un faisceau de lumière dans les pupilles du cylindre creux, mais elles ne se dilatèrent pas.

- Notre petit ne se plaint jamais, il reste immobile et muet, ajoutèrent le père et la mère.

Les docteurs parlèrent alors d'une « *apathie pathologique* » (ils n'avaient pas noté l'antagonisme de ces deux mots) :

- Ce petit se trouve dans un état végétatif sévère, tout à fait inquiétant.

La mère et le père accueillirent positivement ce diagnostic : leur enfant végétait, au moins, il avait une existence.

- il doit être conduit dans un établissement de soins, dirent les médecins.

Ils ne les écoutèrent pas. Leur famille comptait déjà deux petits d'homme, cela ne les gênait pas d'accueillir une espèce un peu différente, faite de sève et d'immobilité. Ils semblaient d'ailleurs très près d'en être émus.

Le cylindre creux prit le doux nom de « *Plante* ».

Tout le monde était dans l'erreur. Parce qu'elle était invisible à leurs yeux, ils ne se rendaient pas compte que les végétaux aussi jouissent d'une existence propre. Leurs corps tremblent quelques instants avant les premiers coups de tonnerre, des larmes coulent, de bonheur, quand apparaissent les premiers rayons de soleil, ils s'arment de dédain contre ceux qui les attaquent ou encore exécutent *la danse des sept voiles* lorsque les semences microscopiques des fleurs se répartissent dans les airs. Ils possèdent sans conteste un *regard*, quand bien même leurs yeux sont introuvables.

Pour revenir au cylindre creux, sa vie se résumait à l'inertie, totale. Il n'avait aucune réaction, pas plus devant le soleil chassant la pluie, qu'à l'apparition des premières étoiles, pas plus devant les agitations domestiques, qu'aux moments remplis de secrets où il n'y a plus un bruit.

Chaque semaine, le sol du Kansai vibrait fortement. Les deux grands, morts de peur, fondaient en larmes pendant que le dernier-né n'en avait cure. Contrairement à ceux qui l'entouraient, il se fichait bien de l'*échelle de Richter*. Il y eut une fin de journée où le mont sur lequel ils habitaient trembla à 5,6 ; des morceaux de *plafond* étaient tombés et avaient recouvert son petit lit. Lorsque le cylindre creux fut débarrassé des débris, on reconnut son visage impassible : son regard absent se projetait au-delà des corps de ceux qui étaient penchés sur lui et qui n'avaient fait que gâcher la paix de son nouveau cocon.

La mère et le père de *la Plante* étaient intrigués par tant d'inertie, ils voulurent tester ses limites. Dans ce but, ils choisirent de ne plus la nourrir, du tout : ils attendraient qu'elle soit obligée de quémander son repas.

Le piège se retourna contre eux : le cylindre creux fut d'accord avec l'arrêt du nourrissage puisqu'il était toujours d'accord. Il pouvait ne pas manger, ne pas boire, sans rien laisser paraître d'une quelconque réaction. Le cylindre creux ne ressentait aucun besoin, même exister ne lui était pas consciemment nécessaire.

Après soixante-douze heures, les géniteurs tourmentés l'observèrent attentivement : il était légèrement moins lourd et il y avait sur sa bouche entrebâillée quelques signes de déshydratation, pour autant, son état général semblait tout à fait satisfaisant. Ils lui firent boire à la tétine une *eau sucrée* qu'il ingurgita nonchalamment.

- Ce petit aurait pu succomber à la faim sans rien dire, constata la génitrice atterrée.

- Il ne faut pas le dire aux docteurs, ajouta le géniteur. Ils nous prendraient pour des pervers.

Ils ne possédaient pas de tels instincts : ils étaient juste effrayés d'avoir obtenu la preuve qu'ils avaient mis au monde un être qui ne faisait pas tout pour y rester. La pensée les survola que cet enfant ressemblait plus à un cylindre creux qu'à un végétal : ils chassèrent tout de suite cette horrible vision de leur esprit.

Ces géniteurs-là avaient la capacité de ne pas accumuler les contrariétés, aussi, choisirent-ils d'effacer l'expérience de diète forcée de leur mémoire. Ils comptaient trois marmots de trois natures différentes : masculine, féminine et végétale. Ce mélange des genres leur semblait salvateur, ayant déjà à vivre avec deux enfants turbulents qui nécessitaient une surveillance de tous les instants.

C'était tout le contraire avec la Plante, elle ne demandait aucune surveillance : déposée dans son berceau aux premières heures du jour, on la découvrait au même endroit et dans la même posture au crépuscule. Il suffisait de lui donner à manger et de troquer les couches sales contre des propres. Ils auraient eu davantage de soucis avec un *poisson rouge* dans un bocal.

D'autre part, exception faite du manque de *regard*, le cylindre creux ressemblait vraiment à un poupon ordinaire : ceux qui se penchaient au-dessus du berceau voyaient un visage gracieux et détendu. Les géniteurs le savaient et s'en satisfaisaient devant d'autres géniteurs souvent envieux.

Ainsi, Dieu représentait le pouvoir suprême de l'immobilité. Un pouvoir très contradictoire il est vrai : quelle souveraine et étrange vigueur celle qui est générée par un objet inerte ! Le pouvoir de l'embryonnaire réside dans la stagnation. Lorsque l'ensemble des citoyens rejette une façon évidente d'améliorer leurs conditions de vie, pourtant simple à appliquer, lorsqu'une voiture ne veut pas démarrer alors que plusieurs personnes tentent de la faire bouger, lorsqu'un gamin est hypnotisé par le petit écran un temps infini, lorsqu'une pensée que l'on sait vaine n'en finit pas de faire du mal, on est stupéfié par l'incroyable pouvoir de l'inertie.

Le cylindre creux possédait cette force.

Il n'avait jamais de larmes. À son arrivée dans l'existence, rien, pas même un gémissement n'était sorti de sa bouche. Ce qu'il venait de découvrir ne devait pas être suffisamment incroyable ou émouvant.

La génitrice, dès le début, lui avait proposé son mamelon à téter. Mais le tout petit n'avait manifesté aucune réaction face à cette invitation : il ne toucha pas au téton. Humiliée, la génitrice le lui coinça entre les lèvres. Mais Dieu n'en tira que quelques gouttes. La génitrice renonça au sein. Elle fit bien : la forme du contenant qui allait avec la tétine lui ressemblait tout à fait alors que la rondeur du sein lui restait étrangère.

C'est donc de cette façon que la génitrice nourrissait Dieu à heures régulières. Elle n'imaginait pas que cette action permettait la liaison de deux cylindres, qu'elle s'apparentait, techniquement, à un raccordement de tuyaux.

« Tout coule », *« tout est mouvance »*, *« on ne se baigne jamais deux fois dans le même fleuve »*... ces mots d'Héraclite ne collaient pas du tout avec le principe de Dieu qui était à l'opposé de cette définition mouvante du Tout : Héraclite se serait flingué s'il avait croisé Dieu. S'il avait pu parler, le cylindre aurait répondu au philosophe : *« Tout se fige »*, *« tout est inertie »*, *« on se baigne toujours dans le même marécage »*...

Les choses étant bien faites, le besoin de communication apparaît avec la mobilité. Et nulle possibilité de réfléchir sans qu'existe un moyen de communication. Il était donc impossible d'imaginer et de faire connaître les pensées de Dieu. Cette incapacité protégeait les hommes qui, s'ils avaient su, auraient pu déprimer sec un long moment.

La mère et le père du cylindre creux avaient des passeports *belges*. On peut donc en déduire que Dieu avait de semblables origines et par la même, deviner pourquoi le monde n'avait pas toujours tourné rond. Ce qui n'est pas surprenant : Adam et Ève utilisaient le néerlandais belge (ce qu'un homme d'Église hollandais démontra de façon irréfutable voici plusieurs centaines d'années).

Le cylindre creux avait choisi de ne pas prendre parti pour tel ou tel idiome (la Belgique connaissait des mésententes à ce sujet) : il était totalement muet.

Cependant, la crainte majeure de ses géniteurs concernait son inertie. À 12 mois, il restait figé, alors que les marmots qui étaient nés en même temps que lui commençaient déjà à marcher, à faire des risettes, et plus généralement, à se faire remarquer. Dieu, de son côté, continuait de ne pas commencer.

Malgré cela, il était très surprenant de constater que sa taille suivait parfaitement la courbe attendue. Par contre, ses capacités cognitives ne se développaient pas. Les géniteurs étaient embarrassés : ils habitaient avec un vide de plus en plus grand.

Le petit lit ne suffisait plus à l'accueillir et on dut déraciner le cylindre creux pour le replacer dans le lit à barreaux qui avait été celui des aînés.

- Avec un peu de chance, ce nouvel espace lui fera du bien, pensa la génitrice.

Il n'y eut aucune évolution.

Dès les premiers jours du grand Tout, Dieu passait ses nuits dans la même pièce que sa mère et son père. Il ne les dérangeait aucunement. Jamais ses yeux ne se portaient sur eux. Une *plante verte* se serait montrée moins discrète.

La mobilité crée la durée. Sans déplacements, on ne sent pas la succession des instants.

Le cylindre creux ne faisait pas partie de l'espace temps. Il eut deux ans sans s'en rendre compte. Il était depuis tout ce temps dans le même alignement du corps : le visage tourné vers le ciel, les membres supérieurs collés au torse, telle une effigie funéraire de petite taille.

La génitrice plaça ses mains dans le creux de ses bras et souleva son petit afin de le maintenir en position verticale ; le géniteur déplia les doigts du cylindre sur les tiges verticales de la couchette en espérant que l'envie lui vienne de s'y agripper. Puis ils ôtèrent leurs corps-tuteurs : Dieu s'affaissa aussitôt pour reprendre sa position de recueillement, comme s'il ne s'était rien passé.

- Notre petit a besoin de mélodies, décida la génitrice, les petits adorent écouter des chansons.

Mozart, Chopin, les 101 Dalmatiens, les Beatles et le *shaku hachi* : aucun n'eut raison de ses sens.

Les géniteurs firent une croix sur sa carrière d'instrumentiste. Sur son devenir de terrien également.

Le *regard* est volontaire : il décide de sa cible et l'isole de l'ensemble. En cela, le *regard*, principale manifestation de l'existence, s'apparente pleinement à un rejet.

Exister revient à choisir « de ne pas ». L'individu qui ne s'oppose à rien existe autant qu'un trou d'évier. Exister exige au minimum que l'on puisse dissocier sa mère du lustre (lorsqu'on regarde vers le haut). Il est nécessaire de fixer son attention ou sur la mère, ou sur le lustre, autrement dit, d'en rejeter un, afin de mieux voir l'autre. Il est vital de trancher.

Dieu qui ne pouvait rien élire, ne pouvait pas rejeter non plus, et ne pouvait, par conséquent, exister.

L'enfant braille dès sa venue au monde. Cette première manifestation de souffrance reste liée à sa première insoumission, son premier rejet. Pour cette raison, on peut affirmer que l'existence débute lorsqu'il vient au monde, et nullement dans un temps antérieur, comme quelques-uns le croient.

Aucun son ne sortit de la bouche du cylindre creux lorsqu'il vint au monde.

Les docteurs étaient certains cependant qu'il n'avait aucun problème concernant les organes auditifs, vocaux ou oculaires. Il fallait juste le considérer comme un évier dont le trou ne s'obturait pas. S'il n'avait pas été muet, il n'aurait eu de cesse de dire et de redire « *oui* ».

Les humains vénèrent la norme. On préfère penser que les changements du monde s'enchaînent de façon logique et spontanée ; l'homme répondrait à un désir impérieux du corps qui aurait besoin, au bout de 12 mois environ, d'abandonner la position des quadrupèdes, de la même façon que des siècles et des siècles auraient été nécessaires pour qu'il accède à la marche.

La possibilité de l'imprévu n'est jamais envisagée, car l'imprévu fait référence aussi bien à un destin non maîtrisable qu'à un facteur chance encore plus mal vécu. Qu'une personne se permette de proclamer : « À 12 mois, un imprévu m'a poussé à marcher » *ou* : « Si l'homme marche sur ses deux jambes, plutôt qu'à quatre pattes, il le doit à un imprévu », on la prendra tout de suite pour une malade mentale.

L'imprévu est boycotté, car il prétend que tout se serait déroulé différemment avec lui. On ne peut pas croire qu'un bambin, à 12 mois, ne pense pas à se déplacer sur ses deux pieds ; si c'était le cas, alors on pourrait également croire que nos plus vieux ancêtres n'auraient jamais imaginé se mettre debout pour se déplacer. Non, on sait les terriens bien trop intelligents pour passer à côté !

À deux ans, le cylindre ne circulait toujours pas à quatre pattes et n'avait pas encore amorcé un déplacement digne de ce nom ; ajouté à cela qu'il n'avait pas fait vibrer la plus petite de ses cordes vocales : les grandes personnes pensaient que son développement était grippé d'une façon ou d'une autre. Comment pouvaient-ils se douter qu'il manquait à l'enfant de rencontrer l'imprévu ? Que sans lui, l'être humain demeurerait complètement immobile ?

Deux sortes d'imprévus existent : ceux qui touchent le corps, ceux qui touchent l'esprit. Mais cette deuxième catégorie n'est pas prise en compte, on ne croit pas qu'elle ait un rôle à jouer dans le développement de l'humanité.

Pourtant, ces imprévus qui touchent l'esprit sont ceux qui ont le plus grand impact dans l'évolution de l'homme. Ils sont la particule qui se glisse sans raison à l'intérieur de l'*huître* de l'encéphale, pourtant bien fermé par de solides parois osseuses. Alors, la substance moelleuse encéphalique semble troublée, paniquée, mise en danger par cette molécule indéterminée qui s'est introduite dans la zone de contrôle ; l'*huître* doit quitter sur-le-champ son doux repos pour partir en guerre contre ce corps étranger. Elle crée alors une matière incroyable, la *nacre*, dont elle va recouvrir la molécule ennemie afin de la faire sienne. Voilà comment *la perle* est fabriquée.

Il est également possible que l'imprévu encéphalique soit né à l'intérieur de l'hémicycle : le choc qui en découle surpasse tous les autres en dommages - et incompréhension. Du labyrinthe de connexions neurologiques advient, par surprise, une pensée infernale, une idée terrifiante - un seul instant suffira à perturber à jamais la conscience jusqu'alors paisible. La contamination a débuté et rien ni personne ne peut l'arrêter.

C'est à ce moment que celui qui ne vivait pas, se réveille, parce qu'il n'a pas le choix. Pour répondre à cette idée atroce et inexplicable qui l'a attaqué, il va imaginer une multitude de solutions, non efficaces. Dans sa tentative de guérison, il commence à se déplacer sur ses deux pieds, dit ses premiers mots, essaie une multitude de gestes tous aussi vains.

Il n'arrive à rien, son cas s'aggrave même. Il a beau sortir mille mots de sa bouche, il ne décode pas mieux le monde. Il a beau mettre mille pas les uns devant les autres, il n'avance pas. Il ne se le dira pas clairement, pourtant, il adorerait retrouver son état embryonnaire.

Certains individus sont cependant soustraits à cette loi du développement : ils ne sont jamais tombés nez à nez avec l'imprévu. Ils ont été diagnostiqués comme végétaux et restent des sujets d'étude pour les spécialistes. Si nous ne nous voilions pas la face, nous saurions que cet état d'inertie correspond à notre idéal, bien plus que notre existence que l'on peut croire issue d'un dérèglement.

La journée avait commencé comme toutes les autres : les géniteurs faisaient leur job de géniteurs, les petits menaient leurs activités de petits, le cylindre creux réfléchissait à sa destinée de tube. Tout semblait normal.

Et cependant, cette date fut gravée à jamais dans le calendrier de sa vie. D'une encre invisible. Car rien ne fut conservé comme témoignage de l'événement. On n'a pas gardé non plus de traces du terrien qui a initié la position verticale, non plus de traces du moment où il a pris conscience de sa finitude. Les hommes n'ont finalement pas retenu les jours qui ont le plus compté pour eux.

Des cris inattendus et effrayants résonnèrent dans toute la demeure. La génitrice et la nourrice, une fois remises de leur stupeur, essayèrent de trouver d'où provenaient les vociférations. Émanaient-elles d'un chimpanzé, d'un orang-outan, qui serait entré par une fenêtre ? Sortaient-elles de la bouche d'un malade mental qui se serait échappé de l'hospice ?

Sans réponse, la génitrice se dirigea vers la pièce où dormait l'enfant. Le spectacle auquel elle assista en entrant était renversant : on voyait Dieu à travers les barreaux, le torse redressé, et il braillait aussi fort qu'un enfant de deux ans est capable de le faire.

La génitrice vint plus près du tableau originel : elle n'avait plus de points de comparaison entre ce qu'elle voyait là et les images reposantes de la composition précédente. Elle connaissait bien la teinte « prairie cendrée » de ses pupilles puisque les paupières ne les cachaient jamais et que leur immobilité rendait plus aisée leur observation. En cet instant, ses yeux avaient pris la couleur du jais, celle d'un décor carbonisé.

Par quel coup du sort la teinte était-elle passée du clair à l'obscur ? Quel pouvait être cet événement si violent qu'il avait réussi à sortir « la Plante » de sa léthargie pour en faire un instrument de torture auditif ?

Restait une certitude : le petit débordait de rage, et c'était cette rage qui l'avait réveillé. On ne pouvait pas en deviner la cause, mais on pouvait imaginer, à l'écoute de ces hurlements, que le grief pesait très lourd.

La génitrice captivée souleva l'enfant, mais fut obligée de le remettre aussi vite entre les barreaux de sa couchette tant il gigotait et lui donnait de coups.

Elle traversa les pièces en criant :

« Le végétal n'est plus un végétal ! » Elle téléphona au géniteur afin qu'il mesure l'évènement par lui-même.

On incita les deux autres enfants de la famille à se prosterner devant la nouvelle version du Dieu rageur.

Les cris stoppèrent au bout d'un temps très long. Ses pupilles gardèrent leur couleur féroce. Son *regard* montrait assez bien qu'il rejetait toutes les personnes alentour. À la fin, emporté par cette vague d'énervement, il reprit sa position horizontale et sombra dans le sommeil.

Parents et enfants battirent des mains. C'était un grand jour : on était sûrs, maintenant, que le petit n'était pas moribond.

Il avait vu le jour deux ans après sa venue au monde : quelle interprétation donner à ce phénomène ?

Pas un spécialiste ne résolut l'énigme. Peut-être pouvait-on en déduire que vingt-quatre mois d'incubation - à l'air libre - complémentaires avaient été nécessaires à sa mise en fonctionnement.

D'accord, et cette rage ? D'où venait-elle ? L'explication la plus raisonnable était celle de l'incident encéphalique. Un élément intolérable s'était introduit à l'intérieur de ses ramifications neurologiques. Sans perdre un instant, le cortex avait ouvert les vannes inondant toutes les canalisations d'ondes électriques et les muscles avaient offert aux membres immobiles leurs premiers mouvements.

C'est de cette façon que des forteresses s'écroulent, sans raison apparente. De beaux chérubins parviennent, en une seconde, à passer de l'ange au démon criard. Le plus incroyable est que cette transformation met en joie leurs proches.

« *Sic transit tubi gloria.* »

Le géniteur vivait ce moment comme une nouvelle naissance, rempli de joie.

Sa maman habitait à Bruxelles, il l'appela :

- Le végétal est sorti de son coma ! Prends ton billet, on t'attend !

La mamie annonça qu'il lui fallait, au préalable, commander trois ou quatre ensembles faits sur mesure (on ne pouvait trouver mamie de plus belle allure). Cette opération repoussa d'autant de semaines son arrivée.

Au cours de ce délai, un sentiment de nostalgie pour la période larvaire de l'enfant gagna la mère et le père. La rage de Dieu n'avait pas faibli. On n'osait à peine lui donner sa nourriture tant on craignait ses poings. Parfois la maison redevenait silencieuse pendant un long moment, mais il n'était pas impossible qu'une tempête se prépare.

On avait opté pour une nouvelle tactique : dès que l'enfant paraissait calme, on le posait dans son aire de jeux clôturée. Sa première réaction était assez passive, il examinait les éléments colorés autour de lui.

Petit à petit, une irritation le gagnait. Il se rendait compte que ces jouets vivaient en pleine autonomie et que son autorité naturelle n'avait aucune prise sur eux. Alors, il hurlait sa désapprobation.

Il s'était également rendu compte que des vocalises distinctes étaient produites par les géniteurs et les deux petits qui tournaient autour d'eux. Apparemment, le langage en question offrait une emprise absolue sur les éléments, jusqu'à l'appropriation.

Il aurait aimé maîtriser ce savoir-faire. D'ailleurs, le privilège de définir le Grand Tout n'était-il pas dévolu à Dieu ? Ainsi, il montrait un objet coloré de son bras tendu et lui lançait des mots afin de lui accorder la vie, malheureusement, il n'émettait qu'un charabia. Cela l'étonnait. Il pensait connaître le code. Une fois remis de sa surprise, cet état de fait lui paraissait déshonorant et insupportable. Une fureur noire le gagnait et explosait en décibels.

Ses hurlements pouvaient se traduire ainsi :

- Votre bouche fabrique des mots ! Ma bouche fabrique du mauvais son ! C'est inadmissible ! J'arrêterai de brailler quand une vraie phrase sortira de ma bouche !

La génitrice en donnait cette autre version :

- Quand on ressemble toujours à un poupon à 24 mois, il y a un problème. Il est en colère parce qu'il mesure son sous-développement.

Ce n'était pas vrai : Dieu ne pensait pas du tout qu'il était à la traîne ; cela aurait voulu dire qu'il aurait pris les autres pour modèle, et ce n'était pas son genre. Il se savait posséder des capacités extraordinaires et s'énervait de ne pas réussir à les exploiter. Son orifice buccal ne lui obéissait pas. Bien sûr qu'il était Dieu ! Comment cette partie de son corps pouvait-elle encore l'ignorer ?

La génitrice était maintenant face à lui et choisissait des termes basiques en énonçant bien les syllabes d'une voix ample :

– *Papa ! Maman !*

Cela le mettait hors de lui que cette créature puisse le soumettre à un exercice aussi primaire : n'avait-elle donc pas conscience du prestige de son interlocuteur ? Entre eux deux, c'était bien lui qui dominait le verbe et il n'allait certainement pas se ridiculiser en faisant le perroquet. Pour se venger, il poussait de nouveaux cris affreux.

Les jours passants, les géniteurs parlaient de plus en plus souvent de leur petit « d'avant ». Sa transformation était-elle positive ? Il avait d'abord été un être secret et tranquille avant de se changer en bébé pitbull.

– Te rappelles-tu le regard immense et doux de *la Plante*, de sa grâce ?

– Et de notre qualité de sommeil ?

Ils pouvaient maintenant dire adieu à leurs nuits paisibles : Dieu ne se déconnectait jamais, ou peut-être deux heures, au grand maximum. Le reste du temps, il braillait pour montrer qu'il n'était pas du tout content.

– On a compris ! grondait le géniteur. Tu viens de sortir de vingt-quatre mois d'hibernation, mais ce n'est pas pour autant que tu dois te venger sur nos nuits !

Dieu ressemblait au Roi Soleil : ceux qui l'entouraient devaient se plier à son rythme, se coucher et se nourrir au même moment, se déplacer en même temps. Plus que tout, il détestait que l'on converse si lui avait la bouche close : il en devenait hystérique.

Les spécialistes ne clarifièrent pas plus les nouveaux symptômes que les anciens : l'« *apathie pathologique* » était devenue une « colère maladive », mais nul examen clinique ne pouvait justifier ce changement. Ils adoptèrent alors une posture relevant de l'intelligence du peuple :

- Il a besoin de se réveiller de ses longs et calmes premiers mois. Le temps aura raison de son énervement.

« En espérant que je ne le balance pas dehors d'ici là », se disait pour elle-même la génitrice excédée.

On remit les tenues élégantes à la mamie qu'elle rangea avec le reste de ses affaires. Sa coupe de cheveux rafraîchie, elle monta dans le vol Bruxelles-Osaka et y passa environ vingt heures (temps nécessaire en 1970).

Les géniteurs l'accueillirent à sa descente. Ils se retrouvaient après trois années de séparation : la mamie serra son enfant dans ses bras, félicita sa femme et trouva le pays sublime.

Dans la voiture, la conversation se tourna vers leur progéniture : on disait les deux grands parfaits, le dernier, en revanche, donnait beaucoup de difficultés. « Nous serions prêts à la donner ! ». La mamie garantit que les choses rentreraient dans l'ordre.

Elle trouva l'habitation splendide. « On ne peut pas faire plus nippon ! » dit-elle les yeux d'abord dirigés vers la pièce recouverte de « tatami » puis vers la végétation extérieure éclairée par les feuilles opalescentes des pruniers. Ce spectacle était nouvellement offert aux regards en ce second mois de l'année.

Cela faisait donc trois cycles de saisons qu'elle n'avait pas rencontré les deux aînés. Elle n'en revint pas des cinq années de la petite et des deux années de plus de son frère. Il était temps de faire les salutations à la dernière née dont elle n'avait pas encore fait connaissance.

Personne n'eut envie de la suivre dans la demeure du démon : « Tourne tout de suite *à gauche*, c'est facile à trouver. » Déjà à cette distance, parvenaient des cris gutturaux. La mamie extirpa un objet de ses affaires puis se dirigea d'un pas vaillant jusqu'à l'épicentre.

Deux ans et demi. Hurlements, fureur, fiel. Ce qui l'entoure, Dieu ne peut ni le toucher, ni le dire. Dieu reste cloîtré derrière des barrières verticales. Il aimerait faire mal, mais n'y arrive pas. Il décharge sa colère sur la literie en la battant avec ses *pieds*.

Là-haut, la surface lisse qui lui cache le ciel lui montre les mêmes lézardes depuis toujours. Il n'y a qu'à elles qu'il peut brailler sa haine, mais apparemment, ça ne les atteint pas. Ce qui énerve Dieu.

Lorsqu'une tête apparaît en gros plan, nulle part répertoriée. De quoi s'agit-il ? L'individu ressemble à un terrien qui serait de type femelle et qui aurait dépassé le stade enfant. L'étonnement dissipé, Dieu montre son agacement en grognant profusément.

L'individu *sourit*. Mais on ne la fait pas à Dieu : il ne se laisse pas séduire et grimace rageusement. Des phrases jaillissent de la terrienne. Dieu les taloche avant qu'elles ne retombent au sol. Ses uppercuts frappent les ondes audio et finissent par les assommer.

Dieu se tient prêt pour la suite : la terrienne tendra son bras dans sa direction, il connaît la chanson, les mains des grands n'ont de cesse de vouloir toucher son visage. Il se tient prêt à croquer l'*index* de l'individu. Il attend.

Et voici, comme prévu, le bras qui approche... mais – incroyable ! - il tient à son extrémité une tige de couleur crème. Dieu ne connaît rien de semblable et en reste coi.

- Voici du *chocolat blanc* fabriqué en *Belgique*, annonce la mamie au petit qu'elle voit pour la première fois.

Dans cette phrase, seul « *blanc* » lui est compréhensible : c'est la couleur de son principal breuvage et des parois de la maison. Les mots autour lui sont étrangers :

« *chocolat* » ? « *Belgique* » ? La tige stationnait mainte-nant sous son nez.

- Voici de la nourriture, ajouta l'inconnue.

La nourriture, Dieu sait ce que c'est. Il en ingurgite pas mal : il boit son lait à la tétine, engloutit les légumes moulinés avec des protéines animales, avale la *banane* réduite en bouillie, mélangée avec des filaments de *pomme* et une *orange* pressée.

La nourriture a un tas d'odeurs. Mais de cette tige-là s'échappent des molécules inconnues à Dieu. L'odeur est plus séduisante que celle qu'il connaît du *savon* ou de l'onguent. Dieu hésite. Il paraît écœuré, mais en même temps, il en bave d'avance.

Dans un élan de bravoure, il croque dans le bâton mys-térieux, le broie, mais cela paraît inutile, la matière ra-mollit vite et vient recouvrir l'ensemble de la cavité - et le prodige advient.

Le plaisir envahit son cerveau, met en surtension ses connexions nerveuses et Dieu entend ces paroles prove-nant d'une source inconnue :

- Je suis ! J'existe ! Je m'exprime ! Fini le « *il* », adieu « *lui* », vive le « *moi* » ! Dorénavant, tu te désigneras par le « *je* », plus jamais par le « *il* ». Sache que je reste ton allié le plus fidèle : je suis celui qui te donne accès aux voluptés.

Je vins au monde ce jour de février 1970, deux ans et demi après le premier accouchement, au cœur du relief du Kansai, dans la bourgade de Shukugawa, devant la mère de mon père, sous l'effet miraculeux du *chocolat blanc*.

À partir de ce moment, la source de paroles ne tarit jamais et je l'entendis poursuivre ainsi :

- Ce met est savoureux, gourmand et moelleux, donnez-m'en d'autre !

Mes dents s'emparèrent une nouvelle fois de la tige en même temps qu'un son animal sortait de moi.

- Quel prodige cette délectation par laquelle j'éprouve mon existence. Mon être tout entier est voué à la délectation. J'incarne la volupté : elle n'existera pas sans *moi*. Nous sommes liés à jamais !

La tige avançait à chaque coup de dents et fondait dans ma gorge. La résonance des paroles s'amplifiait sous mon crâne :

- Que je sois bénie ! Je me sens aussi grandiose que le plaisir goûté, par moi-même créé ! *Ce chocolat* est un objet insipide sans mon intervention ! Par contre, aussitôt sous ma langue, il se transforme en délices. Je lui suis nécessaire.

Cette prise de conscience provoqua une suite de rôts dont l'écho grandit joyeusement. Mes paupières étaient grandes ouvertes, mes gambettes frétillaient. Je compris que toutes ces nouvelles informations se gravaient dans la matière spongieuse et grise de mon encéphale enregistreur.

Petit à petit, j'avais incorporé le *chocolat*. Et c'est à ce moment-là que m'apparurent les doigts qui avaient tenu la tige et que mon regard, cheminant le long du bras, remarqua le sourire qui y était attaché. Ces mots résonnèrent dans ma tête :

- Je ne te connais pas, pourtant, par l'entremise de ce mets délicieux dont tu m'as nourrie, je suis certaine d'avoir affaire à une bonne personne.

Les bras me hissèrent au-dessus de ma couchette et me mirent au contact d'un corps nouveau.

Mes géniteurs restèrent bouche bée quand apparut la mamie joyeuse serrant dans ses bras la petite, l'air calme et satisfait.

- Voici ma chère camarade, prononça-t-elle fièrement.

Chacun voulut me tenir contre lui et j'acceptais sans rechigner de me faire trimbaler. Mes parents étaient abasourdis par cette soudaine transformation. Ils l'accueillirent avec bonheur - et une pointe d'humiliation. La mamie fut interrogée.

Elle choisit de ne pas dévoiler l'objet magique qu'elle avait utilisé, et ainsi, de laisser à l'énigme non élucidée tout son charme. On imagina qu'elle maîtrisait la science du diable. On ne savait pas, à ce moment-là, que le petit démon se souviendrait de cette séance de désenvoûtement.

Les *abeilles* n'ont pas de doute quand au pouvoir du *miel* sur l'éveil au monde de leur progéniture. Elles ne pourraient pas engendrer des récolteuses aussi zélées en leur donnant comme nourriture des légumes mixés accompagnés de dés de bœuf ou de poulet. Maman pensait que la plupart des malheurs du monde étaient dus au *sucre*.

Malgré tout, c'est bien le « *poison blanc* » (comme elle le désignait) qui aura dévié son tout petit de son destin de tyran.

Car telle est l'histoire. Lorsque, à mes deux ans, je me suis extraite de ma condition végétale, j'ai atterri dans un monde déprimant où l'on se nourrissait de *carottes* cuites à l'eau servies avec du *jambon*. Je me suis sûrement dit que j'avais perdu au change. Pourquoi s'embêter à venir au monde si l'on ne goûte pas à ses délices ? Les grandes personnes connaissent d'innombrables sources de jouissance, alors que les petits n'en connaissent qu'un seul : savourer de doux aliments.

La mamie m'avait comblée de glucose : en un instant, le démon avait su que ce monde mélancolique avait une raison d'être, que la chair et les pensées étaient faites pour jouir, que cela suffisait à accepter notre existence à l'intérieur de ce grand tout - pas si hostile. La jouissance s'accompagna du mot décrivant son outil : « *moi* » (dénomination que j'ai gardée).

Une horde ancestrale d'idiots affirment que la volupté ne peut s'allier au travail de la pensée. Voici le serpent qui se mord la queue : ils se refusent au plaisir afin de faire briller leur esprit ; mais cela ne fait que le dessécher. Leur bêtise ne fait qu'empirer, ce qui les rassure sur leurs capacités intellectuelles - on sait que l'idiot est le plus à même de se trouver malin.

La volupté fait se sentir modeste et enthousiaste devant l'objet déclencheur, la jouissance ravive les pensées qui en deviennent aussi ingénieuses que pénétrantes. L'expérience en question possède de tels pouvoirs que si le plaisir manque, la projection qu'on s'en fait comble le manque. Si l'idée de plaisir demeure, rien ne pourra nous anéantir. Tandis que ceux qui se vantent de contrôler leur sens, fêteront bientôt leur complète évaporation.

Il arrive d'entendre, dans tel ou tel cercle, certaines personnes se jeter des fleurs pour avoir résisté un quart de siècle durant à ce plaisir divin ou à cet autre. On peut aussi croiser des gens si parfaitement bêtes qu'ils se vantent de rester sourds aux mélodies, aveugles à tout écrit et absents des salles de projection. Restent également les individus qui, refusant tout plaisir charnel, attendent de leurs pairs qu'ils les glorifient. Laissons-leur ces petites fiertés ; ce sont les seules réjouissances qu'ils connaîtront au cours de leur existence.

En même temps qu'il m'a offert un nom, le *chocolat blanc* m'a donné accès au souvenir : je me rappelle du moindre détail de ma vie à partir de ce deuxième mois de 1970. Quelle utilité aurions-nous d'enregistrer ce qui n'a pas trait à la jouissance ? La mémoire est un maillon nécessaire au plaisir.

J'ose affirmer une telle chose : « je n'ai rien oublié » - en sachant que personne ne me prendra au sérieux. Cela m'est égal. Comme cette affirmation ne peut être contrôlée, je ne ferai aucun effort pour me justifier.

Bien sûr, je ne me souviens pas des problèmes de mes géniteurs, des paroles échangées avec leurs invités... Cependant, je me souviens de tout ce qui le méritait : la couleur *verte* du *lac* qui a connu mes premiers mouvements de brasse, les senteurs qui se dégageaient des végétaux autour de notre maison, ces gorgées de spiritueux aux *prunes* avalées en toute discrétion, tout cela, rangé parmi un ensemble de révélations conceptuelles.

Ce qui précède le *chocolat blanc* n'existe pas pour moi : je dois m'appuyer sur ce qu'en dit ma famille et me le réapproprier. Ce qui suit le *chocolat blanc* est tiré de ma mémoire infaillible, celle qui dicte mes phrases.

Je m'étais transformée en petite fille modèle : j'étais en même temps posée et curieuse, calme, mais bien là, marrante tout en étant sérieuse, parfois exaltée, parfois méditative, docile mais indépendante.

Ma mamie et ses bâtons magiques n'habita avec nous pas plus de trente jours. Il n'en avait pas fallu plus. Cette rencontre avec la volupté avait été décisive dans ma remise en route. Mes parents pouvaient souffler : ils s'étaient occupés d'une plante durant vingt-quatre mois, puis d'un démon pendant la moitié d'une année, maintenant, leur petit ressemblait approximativement à un enfant ordinaire. On put alors utiliser mon vrai nom.

L'heure était venue, comme cela se dit, de « *rattraper le temps perdu* » (je ne me sentais pas concernée, mais bon) : à mon âge (deux ans et demi) un terrien sait déjà se déplacer et s'exprimer. Pour ne pas déroger à la règle, j'acquis le mouvement en premier. Rien en cela de difficile : adopter la position verticale, se pencher fortement, prendre un premier appui pour éviter la chute et refaire le mouvement avec le second appui.

Pouvoir déplacer tout son corps faisait partie, sans aucun doute, des aptitudes essentielles. Il était ainsi possible de marcher tout en promenant son regard sur les alentours. Le panorama avait gagné en envergure, à côté de celui qu'offrait la position commune des mammifères, plus basse. Il suffit d'évoquer ces pas cadencés pour les voir prendre de la vitesse : quelle invention magique cette foulée rapide qui permettait de s'échapper de n'importe quelle situation ! Il devenait possible de voler une chose proscrite en le faisant à toute vitesse, sans témoin. La vitesse faisait accéder au plus haut degré de larcin, sans peur de représailles. « *Courir* » faisait partie du lexique des grands malfaiteurs aussi bien que des victorieux.

Le langage soulevait la question du style : par quel terme commencer ? Il m'aurait plu d'utiliser des mots fondamentaux tels que « *marron glacé* » ou « *pipi* », d'admirables mots tels que « *pneu* » ou « *scotch* », mais je craignais de heurter certains auditeurs. Ceux qui nous mettent au monde appartiennent à une communauté qui se vexe facilement : nous avons le devoir de leur choisir des noms - mille fois entendus - qui les mettent à l'honneur. Je préférais suivre le mouvement général et me fondre dans la masse.

Mon visage s'appliqua donc à montrer autant de sérieux que de contentement et les mots auxquels je pensais purent se faire entendre de façon inédite :

- *Maman* !

Celle-ci tomba en pâmoison.

Faisant bien attention de ne blesser personne, je me dépêchais de prononcer :

- *Papa* !

Celui-ci fut tout ému. Tous les deux m'enveloppèrent d'une épaisse couche de bisous. Il ne leur fallait pas grand-chose. Sûrement auraient-ils paru moins satisfaits et émerveillés si mes premiers mots avaient été : « *Pour qui sont ces serpents qui sifflent sur vos têtes ?* » ou : « *E=mc²* ».

C'était à se demander s'ils savaient qui ils étaient : doutaient-ils de leur statut de père et de mère ? Ils paraissaient tellement soulagés d'être ainsi nommés !

J'avais pris la bonne décision : mieux valait s'abstenir de chercher midi à quatorze heures. Je ne pouvais pas faire plus plaisir à mes parents pour un début. Maintenant que j'étais respectueusement entrée en matière, il m'était possible de me dévouer à la création et à la métaphysique : réfléchir au terme qui suivrait me parut on ne peut plus stimulant, sachant que seule l'excellence du contenu importait. Un si large horizon offert à l'imagination rendait le choix difficile : le mot suivant ne sortit qu'après une attente considérable. Mes géniteurs accueillir ce temps de réflexion comme preuve de leur importance : « Il lui fallait juste nous donner un nom. Elle n'avait pas d'autres besoins. »

Ils ignoraient que je discutais en interne depuis un sacré bout de temps. Même s'il faut reconnaître qu'émettre des vibrations sonores à l'extérieur de soi n'est pas vraiment comparable : cette amplification donne toute sa force *au mot*, que l'on devine troublé, heureux d'être pris en considération et d'obtenir cette revanche qui le place au centre de la fête. Prononcer d'une gorge ample « *banane* » revient à célébrer toutes les *bananes* depuis les premiers jours.

Il y avait de quoi cogiter. Je débutais un travail de réflexion qui s'étendit sur des dizaines de jours. Sur les images argentiques de cette période, j'ai l'air tellement réfléchie, concentrée, que cela en est risible. Mais voilà, mes pensées demeuraient hautement métaphysiques : « *Chaussure* ? Il y a plus nécessaire ; il est possible de s'en passer. Feuille ? Bien sûr, si ce n'est que le stylo qui va avec est également indispensable. On ne peut les séparer. *Chocolat* ? Pas question, je le garde pour moi. *Otarie* ? Quelle splendeur... son grognement est magnifique, pour autant, fait-elle le poids face à la *toupie* ? *Toupie*, quelle merveille ! Mais l'otarie est un être qui respire. Que choisir entre une *toupie* virevoltante et une otarie dont le cœur bat ? Je préfère ne pas choisir. *Harmonica* ? C'est mélodieux... je doute qu'il soit cependant nécessaire. *Lunette* ? Plutôt amusant... malheureusement, totalement inutile... *Xylophone* ?... »

Cette fois-là, ma génitrice pénétra dans le séjour, accompagnée d'une bête à encolure très étirée et *queue* très fine - atteignant même le boîtier électrique à deux trous. Elle appuya sur quelque chose et aussitôt l'animal poussa un long gémissement monotone. La partie haute de la bête commença à remuer par terre en avançant, puis reculant, puis avançant... sans arrêt, emportant dans un même mouvement le bras de ma mère. Il arrivait aussi que la chose se déplace sur ses jambes, ou plutôt, sur de minuscules roues.

Il m'était déjà arrivé de rencontrer un *aspirateur*, c'était cependant la première fois que je me posais des questions sur son mode de vie. Pour mieux l'observer, je pris une position identique à la sienne, assez proche du sol (j'avais appris qu'il fallait toujours se mettre au niveau de l'objet à étudier). J'accompagnais du regard les mouvements de son visage et plaçais le mien au niveau du sol moelleux pour mieux voir de quoi il retournait. C'était magique : l'engin ingurgitait toutes les particules plus ou moins grosses qu'il trouvait sur son passage et les réduisait à néant.

Il échangeait l'existant par du vide : cette transformation était forcément le fait de Dieu.

C'était un peu flou, néanmoins, je me revoyais dans la peau de Dieu jusqu'à il y a peu de temps. Il m'arrivait de recevoir, contre les parois intérieures de mon crâne, le clair écho de phrases qui me ramenaient vers des profondeurs infinies : « Souviens-toi ! Je fais partie de toi ! Souviens-toi ! » Cela me laissait perplexe, pourtant, que je sois ou ai pu être Dieu me semblait quasi sûr et j'en ressentais une réelle satisfaction.

Tout d'un coup, je trouvai là un semblable : *l'aspirateur*. Le pouvoir de transformer le tout en rien n'était-il pas l'affaire de Dieu ? Même s'il était évident que ce dernier n'a de compte à rendre à personne, il m'aurait plu de posséder un tel don, un savoir-faire divinement transcendant.

« *Anch'io sono pittore !* » proclama le Corrège devant les toiles de Raphaël. D'une façon aussi joyeuse, je m'apprêtais à annoncer : « Regardez-moi ! Vous avez devant vous *un aspirateur* ! »

Je me retins à temps, il était important de ne pas tout dévoiler d'un bloc : on savait que je pouvais dire « papa » et « maman », je ne devais pas me compromettre en mettant bout à bout une suite de mots. Quoi qu'il en soit, j'avais trouvé le terme que je cherchais.

Il sortit de mes lèvres dans l'instant, prononcé d'une façon appuyée : « *A-spi-ra-teur* ! »

D'abord muette, maman desserra ses doigts de l'encolure cylindrique et s'empressa d'appeler papa :

- Notre petite vient de prononcer son *troisième mot* !

- Lequel ?

- *Aspirateur* !

- Chouette. Elle fera une parfaite femme au foyer.

Certainement aurait-il préféré un autre mot.

Je m'étais surpassée ; le mot suivant allait être plus terre à terre. Je considérais ma *sœur*, qui me devançait de deux ans et demi, comme quelqu'un de bien, aussi ce fut tout naturellement que je choisis son nom :

- *Juliette* ! criai-je, vissée à son regard.

La parole possède une force incroyable : aussitôt son prénom sortit de ma bouche, nos cœurs s'agrippèrent l'un à l'autre. Juliette m'enlaça. Agissant comme l'élixir de Tristan et Iseut, le langage nous avait liées à jamais.

Par contre, il n'y avait pas moyen que je désigne mon *frère* à la suite, de quatre ans plus âgé : ce méchant individu était resté la deuxième moitié de journée avec un « Tintin » dans les mains et mon crâne sous ses fesses. Son plus grand plaisir était de me torturer. En guise de représailles, je refuserais de le désigner. De cette façon, son impact sur ma vie resterait faible.

Nishio-san, qui habitait sous notre toit, était ma nourrice nipponne. On ne connaissait plus généreuse et douce personne. Ses câlins étaient illimités. Elle ne savait pas d'autres mots que japonais. J'en saisissais à chaque fois le sens. Le *cinquième mot*, son prénom, appartiendrait ainsi à la langue japonaise.

J'avais donc désigné par leur prénom quatre individus et ils en semblaient si satisfaits que je fus certaine du rôle primordial du langage : il attestait de leur existence. À croire qu'ils en doutaient. Je leur étais un témoin nécessaire.

Le langage offrait-il le moyen d'exister ? Je n'en étais pas sûre. Les personnes qui partageaient ma vie passaient leur journée à discuter et il ne se produisait pas pour autant de tels prodiges. En ce qui concerne mon père et ma mère, ils pouvaient s'exprimer de cette façon :

- Nous aurons les Machin à dîner le 26.

- Les Machin ?

- Quand même, Danièle, c'est eux que tu as le plus vus : tu as partagé au moins deux dizaines de repas avec les Machin.

- Machin ? Leur nom ne me dit rien.

- Mais si... ça te reviendra.

Dans cet échange, aucun élément ne donnait du poids à la réalité des Machin, c'était même plutôt l'inverse.

Quant au type de conversation qu'entretenaient mon *frère* et ma *sœur*, en voici un exemple :

- Je ne trouve plus mes *Lego* !

- Je ne sais pas ce que tu en as fait.

- C'est pas vrai ! T'as joué avec !

- Menteur !

- Tu les as mis où ?

Alors ils en venaient aux mains. L'échange verbal précédait l'assaut.

Lorsque la tendre Nishio-san s'entretenait avec moi, elle me faisait régulièrement le récit de la mort de *sa sœur*, encore jeune, en l'accompagnant du ricanement d'épouvante utilisé par les Japonais. *Sa sœur* avait été broyée sur les rails de la ligne Kobé-Nishinomiya. Toutes les fois où cette histoire était reprise, les phrases de Nishio-san assassinaient l'enfant, de sang-froid. Le langage était également une arme redoutable.

L'analyse instructive des conversations des autres me permit de comprendre que l'usage des mots pouvait tout autant construire qu'anéantir. Il fallait prendre garde à cette technique de création.

Cela dit, il m'était aussi apparu que le langage pouvait s'utiliser sans risque. « La météo est parfaite, vous ne trouvez pas ? » ou « Chère amie, vous êtes resplendissante ! » faisaient partie des énoncés qui ne changeaient rien à l'existence. Ils pouvaient être répétés à loisir. Ils pouvaient même se taire. Leur seule fonction semblait consister à rassurer les interlocuteurs : il ne leur serait fait aucun mal. On pouvait les comparer au revolver à jets liquides de *mon frère* ; lorsqu'il me visait en s'exclamant : « Bang ! Je t'ai tuée ! », j'étais toujours debout, il m'avait juste mouillée. Il était d'usage de choisir ce type de phrases afin d'avertir l'autre qu'on n'allait pas le tuer, pour de vrai.

On conclura par l'énoncé du *sixième mot* : « *mort* ».

On entendait les mouches voler. Pour découvrir la raison de ce calme inhabituel, je rejoignis le rez-de-chaussée. Arrivée dans le séjour, je découvris papa en larmes : la scène était inconcevable et ne s'est d'ailleurs pas reproduite par la suite. Maman le consolait comme elle l'aurait fait avec un tout petit.

Lentement, elle prononça ces mots :

- *Ton* père n'a plus de mère. Mamie *est morte*.

L'expression de mon visage devint grave.

- Bien sûr, continua-t-elle, tu ignores ce que signifie *la mort* à *deux ans et demi*.

- *Mort* ! dis-je de façon claire. Puis je m'éloignai.

Mort ! Évidemment que je connaissais ! À deux ans et demi, on est plus près de la mort qu'à quarante ! *Mort* ! N'étais-je pas la mieux placée pour savoir de quoi il s'agissait ? J'étais encore tout imprégnée de sa définition ! J'en savais plus que mes jeunes congénères puisque j'en avais fait l'expérience sur un temps anormalement long pour un être vivant. Qui venait de traverser deux années dans cet état d'inconscience - dans la mesure où l'on peut se rendre compte de la traversée ? Qu'avaient-ils imaginé que je vivais au cours de ses longs mois, allongée dans mon petit lit ? Je tuais mon existence, je tuais les heures, je tuais la frayeur, je tuais le vide, je tuais l'ennui.

J'y avais bien réfléchi à *la mort* : *la mort* se confondait avec *le plafond*. Lorsque le *plafond* devient plus intime que notre propre personne, on est *mort*. Le *plafond* arrête le regard et bloque les possibilités de réflexions. Le *plafond* est une tombe : le *plafond* ferme hermétiquement notre encéphale. Au moment du trépas, il faut imaginer ce grand bouclier venir recouvrir notre cervelle posée au fond de sa boîte. Mon expérience était insolite : le processus avait, chez moi, été inversé ; qui plus est, mes deux ans et demi se le rappelaient (de manière il est vrai un peu floue, mais certaine).

Au moment où *le métro* devient aérien, où les voilages opaques s'écartent, où l'on reprend son souffle, où le regard aimé revient sur nous, le bouclier de la *mort* se relève et notre cervelle en boîte se retrouve encéphale à l'air libre.

Les personnes qui, de quelque façon que ce soit, ont frôlé la *mort*, mais en ont réchappé, portent en elles une Eurydice : elles ont conscience que dans leur for intérieur, un élément se souvient parfaitement de la mort et qu'il est dangereux de poser ses yeux dans les siens. Voilà notre problème : tel un abri souterrain, telle une pièce plongée dans l'obscurité, tels les moments calmes sans personne autour, la *mort* semble aussi effrayante qu'attirante. On peut imaginer y trouver une place douillette. Pour ça, on aurait juste à larguer les amarres afin de plonger dans cet état comateux. La beauté d'Eurydice nous cache les bonnes raisons que l'on a de s'en éloigner.

C'est pourtant nécessaire : le voyage ne compte presque jamais de retour. Dans le cas contraire, il serait souhaitable de succomber à ses charmes.

Je pose mes fesses sur l'une des marches qui rejoint le premier étage et je me rappelle de la mamie au *chocolat blanc*. Elle m'avait aidée à sortir de la *mort,* mais n'avait pas tardé à la rejoindre. On aurait pu croire à un troc. On l'avait prise pour que j'existe. En avait-elle eu conscience ?

Heureusement, elle demeure dans ma mémoire. La vie est bien faite : ma mamie avait payé les pots cassés de mon système encéphalique enregistreur, mais y avait trouvé une place pour poursuivre son existence en compagnie de son bâton royal de *chocolat blanc*. Nous étions quittes.

Aucune larme ne tomba de mes yeux. Je retournai dans mon domaine et pris dans ma main le jouet le plus sublime :

la toupie. Je n'aurais échangé ma *toupie en plastique* contre rien au monde. Je la mettais en mouvement et observais sa rotation sur un temps infini. Cette danse qui n'en finissait pas, rendait l'expression de mon visage fort sérieuse.

Je connaissais la *mort*, pourtant, j'étais loin d'en maîtriser le concept. Il me manquait une foule de réponses. Comment allais-je pouvoir poser mes questions en utilisant uniquement les six termes qu'on savait être en ma possession (sans pouvoir utiliser de *verbes*, de *conjonctions*, d'*adverbes*...) ? Bien sûr que mon crâne était déjà rempli de ce qu'il fallait, seulement, si ces centaines de mots sortaient le même jour, la supercherie serait vite découverte !

Par bonheur, Nishio-san était là ! Comme elle ne s'exprimait que dans sa langue, elle ne pouvait proposer à *ma mère* que de courts échanges. Par contre, moi qui maîtrisais le japonais, je trouvais-là le moyen de communiquer avec elle en toute discrétion.

- Nishio-san, comment expliques-tu que la vie finisse ?

- Mais, tu connais le japonais ?

- Hum, hum... surtout, n'en parle pas, ça doit rester entre nous.

- Ton père et ta mère sauteraient de joie s'ils l'apprenaient.

- Justement, je vais choisir le bon moment pour leur dire. Alors, tu as une réponse ?

- C'est la volonté de Dieu.

- Tu penses ?

- Je n'en suis pas certaine. Beaucoup de mes proches ont été emportés : ma sœur a été broyée sous des wagons, mon père et ma mère sont morts sous les obus au cours des conflits. Pourquoi Dieu aurait-il souhaité ça ?

- Dans ce cas, comment expliques-tu que la vie finisse ?

- Si c'est par rapport à ta mamie que tu poses cette question, tu dois comprendre qu'il est naturel de quitter la vie à un certain âge.

- Pour quelle raison ?

- Lorsque l'existence a été bien remplie, on n'a plus beaucoup d'énergie. Quitter la vie, quand on est âgé, revient à se mettre au lit. Ce n'est pas une mauvaise chose.

- Mais dans le cas où la personne est encore jeune ?

- Dans ce cas, je n'ai pas de réponse. Dis-moi, tu maîtrises vraiment le japonais ?

- Hum hum.

- Tu utiliseras donc la langue de tes parents plus tard...

- Je parle aussi français. Je ne fais pas de différence.

À ce moment-là, je concevais le langage comme un tout : j'étais libre d'utiliser les mots des deux nationalités selon mon bon vouloir. Je n'étais pas encore au courant qu'il existait d'autres idiomes.

- Tu dis qu'il n'y a pas de différence, mais moi, je ne connais pas ta langue maternelle.

- Je n'ai pas d'explications. Parle-moi de la guerre.

- Tu ne penses pas que ce sont des histoires trop tristes pour toi ?

- Non.

Elle commença son histoire sortie des enfers. En 1945, elle était âgée de sept ans. Tôt dans la journée, Kobé avait été arrosée d'obus. Bien sûr, la situation n'était en rien inédite. Pourtant cette fois, Nishio-san avait eu le pressentiment que des obus leur tomberaient dessus. Ce fut le cas. Elle avait gardé le lit en souhaitant que le sommeil lui évite de connaître sa fin. Lorsqu'une détonation épouvantable, dont la source était toute proche, fit imaginer à l'enfant que son corps avait littéralement éclaté. Dans un second temps, surprise d'être encore en vie, elle chercha à vérifier que ses bras et ses jambes étaient toujours accrochés à son buste, seulement, elle n'y parvenait pas : il lui avait fallu plusieurs minutes avant de se rendre compte qu'elle se trouvait ensevelie.

À partir de là, elle se mit à gratter la terre avec ses doigts, en souhaitant rejoindre la surface. Rien ne lui garantissait qu'elle ne se trompait pas. Toujours entourée de matière compacte, elle y trouva un membre humain, un membre supérieur : elle n'en connaissait pas l'utilisateur et ne pouvait pas dire s'il était encore relié à un buste - elle était sûre, par contre, que ce membre était fichu, mais pour le restant, elle ne savait pas.

Elle avait pris la mauvaise direction. Elle avait stoppé et avait tendu l'oreille : « Il faut que je me dirige vers les sons, pour rejoindre avec eux l'existence. » Des hurlements descendaient jusqu'à elle et elle grattait la terre pour les atteindre. Elle reprenait sa tache de mineur.

- Tu avais assez d'air ? questionnai-je.

- J'imagine. Certaines bêtes connaissent ces conditions d'existence et s'en sortent bien. C'était dur de respirer, mais j'y arrivais. Je continue ?

Bien sûr que je voulais entendre la suite !

Au bout d'un certain temps, Nishio-san avait pu retrouver l'air libre. « Pour rejoindre l'existence » lui avait soufflé sa petite voix. Elle disait faux : c'est en enfer qu'elle se retrouva. Des membres détachés des corps se mêlaient aux ruines de la ville. Un court instant, l'enfant pu distinguer le masque mortuaire de *son père*, à la suite de quoi un nouvel obus la ramena dix pieds sous terre.

Camouflée dans sa tombe de glaise, elle songea à ne pas en sortir : « En fait, je suis plus à l'abri là-dessous qu'ailleurs, et j'échappe aux scènes d'apocalypse. » Mais l'air devenait rare. Il lui fallait remonter vers les sons, quand bien même le prochain décor la tétanisait d'avance. Ce n'était pourtant pas utile d'avoir peur : aussitôt remontée, elle fut renvoyée sous terre, à une profondeur encore supérieure.

- Je n'avais plus la notion du temps. Je grattais, grattais la terre, mais aussitôt que je regagnais l'extérieur, un nouveau souffle me ramenait en profondeur. Je repartais toujours, sans m'arrêter, sans chercher à comprendre ce qui me motivait encore. Je ne pouvais faire autrement. Je n'ignorais plus le trépas de *mon père* et l'anéantissement de notre demeure : je ne savais pas ce qu'étaient devenus *ma mère* et *mes frères*. Lorsque les obus ont disparu du ciel, je n'en revenais pas d'être toujours sur pieds. En fouillant les décombres, on a trouvé au fur et à mesure les corps - souvent en morceaux - des personnes disparues : *ma mère* et *mes frères* en faisaient partie. J'enviais *ma sœur* broyée sous les wagons deux ans auparavant : elle n'avait pas eu à vivre ce cauchemar.

Les récits de Nishio-san étaient somptueux : ils terminaient, quoi qu'il arrive, sur un tas de jambes, de bras et de têtes coupés.

Je finissais par occuper tellement ma nounou que mon père et ma mère choisirent de prendre une seconde femme à leur service. Ils déposèrent une offre d'emploi dans la bourgade de Shukugawa.

Ils ne furent pas assaillis de propositions puisqu'ils ne reçurent qu'une seule candidature.

Kashima-san fut ainsi employée au même poste que Nishio-san. Elles n'avaient aucun point commun : Nishio-san avait la vie devant elle, de la tendresse et bonté à revendre ; elle avait peu d'attraits physiques et vivait dans les quartiers les plus prolétaires et les plus démunis. Kashima-san devait atteindre la moitié d'un siècle, son noble visage reflétait sa souveraine naissance : ses traits délicats nous toisaient, dédaigneux. Son histoire intégrait celle de l'ancienne aristocratie japonaise dissoute par les États-Unis en 1945. Elle avait connu une vie de duchesse pendant trente années et, en un claquement de doigts, elle avait perdu toute appellation et toute sa fortune.

À partir de ce jour, elle dû travailler pour les autres, et c'est ainsi qu'elle arriva à notre service. Pour elle, l'ensemble des *Blancs* étaient coupables de sa déchéance et elle nous détestait tous, sans distinction. Son visage admirablement dessiné et son altière minceur appelaient la révérence. Mon père et ma mère s'adressaient à elle comme à une personnalité importante ; elle ne leur disait pas un mot et se contentait du service minimum. Si ma mère avait besoin d'elle pour ceci ou cela, Kashima-san expirait fort et ses yeux perçants semblaient dire « Savez-vous à qui vous parlez ? »
La nouvelle venue n'avait aucun égard envers sa consœur : elle était issue d'un milieu bien inférieur au sien et, de son point de vue, elle était une collabo servant la partie adverse. C'était Nishio-san qui accomplissait, pour deux, toutes les besognes. Elle ne pouvait faire autrement qu'adopter une attitude soumise face à l'autorité de sang. La reine passait son temps à lui faire des reproches :

- Tu te rends compte de la façon dont tu t'exprimes avec eux ?

- Je m'exprime comme eux s'expriment.

- Où est ta dignité ? Que fais-tu de l'affront que nous avons subi en 1945 ?

- Ils ne sont pas concernés.

- Bien sûr que si. Ils pactisaient avec les *Américains*.

- À l'époque des conflits, nous n'avions que quelques années.

- Qu'est-ce que ça change ? Leurs géniteurs faisaient partie du clan adverse. Ils partagent les mêmes gênes. Je les hais.

- Il vaut mieux que tu n'en parles pas à côté d'elle, prévint Nishio-san, son mouvement de tête soulignant ma présence.

- Cette gamine ?

- Elle maîtrise notre langue.

- Parfait !

- J'y suis très attachée.

Elle ne mentait pas : elle ressentait pour moi un élan de cœur similaire à celui qu'elle avait pour ses deux *filles*, nées le même jour dix ans plus tôt et qu'elle préférait ne pas nommer tant elle les distinguait à peine. Elle les appelait à chaque fois « *futago* » et j'ai mis du temps à réaliser qu'elle s'adressait aux deux fillettes en même temps, que ce n'était pas un *prénom*. (Le double sens de ce terme ne s'éclaircissant pas avec l'utilisation généralement floue du *pluriel* japonais.) Je me souviens de cette fois où ses enfants étaient chez nous et que Nishio-san les interpella à distance : « *Futago* ! » Collées l'une à l'autre (aussi précisément que si elles partageaient la même hanche), elles rejoignirent leur mère et je compris à cet instant la signification de ce prénom commun. Être jumeaux au pays du Soleil-Levant semble représenter une difficulté plus importante que dans d'autres contrées.

Il me fallut peu de temps pour me rendre compte que mon extrême jeunesse me faisait accéder à un rang particulier. Au Japon, tant que l'on n'est pas scolarisé, on nous prend pour un Dieu. Nishio-san me voyait de la sorte et s'occupait de moi en conséquence. *Mon frère, ma sœur et les « Fugato »* ne pouvaient plus prétendre à ses égards : on s'adressait à eux normalement. Pour ma part, je restais un « *okosama* » : une vénérable perfection de petite humaine, une suzeraine en éclosion.

Dès les premières heures du jour et aussitôt que je mettais un pied dans la pièce dédiée à la préparation des repas, Nishio-san s'agenouillait pour ne pas être plus grande que moi. Elle disait oui à tous mes désirs. Lorsque j'avais envie de prendre directement dans son plat - cela arrivait souvent, ses plats étaient toujours plus appétissants que ceux qui m'étaient servis -, elle ne mangeait plus, tant que je n'avais pas terminé. Alors seulement elle reprenait son repas - les jours heureux où j'avais daigné lui laisser deux ou trois bouchées.

Ma mère surprit ces manigances au cours d'un déjeuner et m'admonesta durement. Elle exigea aussi de Nishio-san qu'elle ne céda pas à mes demandes abusives. En vain : aussitôt ma mère sortie de la pièce, je piochais déjà dans son assiette. Mais comment faire autrement quand on a le choix entre des morceaux de *viande aux carottes* cuites à l'eau et de *l'« okonomiyaki » (crêpe au chou, aux crevettes et au gingembre)*, ou du *riz au « tsukemono » (raifort mariné dans une saumure jaune safran)* ?

Je mangeais dans deux endroits : dans la grande pièce et près des fourneaux. J'avalais peu de choses avec mes parents afin d'avoir encore faim avec Nishio-san. Je n'ai pas longtemps tergiversé : ma famille me prenait pour un enfant, ma nounou pour un Dieu, mon parti était pris !

J'adopterais la nationalité nippone.

J'avais donc la nationalité nippone.

À deux ans et demi, sur les terres du Kansai, quand on est nippone, on est plongé dans un monde de splendeurs et de vénération : j'inhalais des nuages de parfum - dégagé par les végétaux humides de la propriété après l'averse -, installée sur les pourtours rocheux de la grande mare, j'admirais les reliefs proches de l'horizon - aussi larges que mon cœur - et je rappelais à mon souvenir la mélodie enchanteresse du marchand de *patates douces* - que ses pas conduisaient, au crépuscule, aux abords de nos demeures.

Nippone et âgée de deux ans et demi, je devenais la déesse de Nishio-san. Peu importe le moment, peu importe la tâche qu'elle effectuait, Nishio-san la laissait de côté pour répondre à tous mes désirs : un câlin, une caresse, une mélodie racontant l'histoire de petits chats ou de *cerisiers* aux pétales éclos.

Je pouvais aussi compter sur elle pour me faire le récit des scènes que j'adorais, celles où les personnages finissaient hachés menus. Dans d'autres contes, une femme maléfique (il en existait de toutes sortes) faisait bouillir de pauvres hères à servir en potage : ces belles histoires me remplissaient d'une joie sans bornes.

Elle choisissait une position confortable pour m'envelopper de ses bras-balançoire, de la même façon qu'elle l'aurait fait avec un poupon. J'affichais une mine triste à l'extrême, à la seule fin de recevoir ses cajoleries : Nishio-san ne comptait pas son temps pour faire passer ma mélancolie feinte, tenant bien son rôle en s'apitoyant de façon dramatique.

Ensuite, son index parcourait lentement les lignes de mon visage, tout en s'extasiant de leur perfection : des lèvres exquises, le haut du crâne majestueux, des pommettes sans pareil et un regard merveilleux. Elle disait alors qu'elle n'avait pas rencontré un seul Dieu de plus grande beauté que moi. Elle avait le cœur généreux.

J'aurais pu passer des heures dans cette position, et même ma vie entière, enveloppée de son adoration. De son côté, elle goûtait au plaisir de la vénération, ce qui confirmait ma pleine et suprême *divinité*.

À deux ans et demi, cela aurait été de la bêtise de ne pas accepter la nationalité nippone.

Il y avait donc une explication logique au fait que je parle le japonais avant le français : recevoir ces honneurs réclamait des impératifs de langue. Il me fallait opter pour un mode d'expression utilisé par mes adorateurs, quand bien même ceux-ci ne formaient pas une grande assemblée.

Leur dévotion me comblait, tout autant que leur présence dans ma vie. Il s'agissait de Nishio-san, des *futago* et de ceux que je croisais dans la rue.

Au cours de mes sorties, accrochée à ma plus grande fan (Nishio-san) je guettais, patiente, les exclamations des passants. J'étais certaine qu'à un moment où à un autre, ils réagiraient à mes attraits.

Malgré tout, je préférais encore plus les dévotions qui avaient lieu à l'intérieur de mon cloître, devenu lieu sacré. Cet espace clos, ouvert sur le ciel et rempli de végétation de toutes tailles, n'était-il pas l'endroit idéal pour se relier au cosmos ?

Nous avions un *jardin* japonais, autrement dit, un *jardin* tautologique. Sa configuration ne calquait pas les jardins *zen*, néanmoins, sa surface d'eau entourée de roches, son tracé épuré et l'intelligence de ses matières certifiaient l'origine nipponne qui, sans concurrence possible, offre son appellation d'origine contrôlée au « *jardin* ».

La puissance de vénération sur ma personne parvenait au niveau le plus élevé dans cet espace clos et vert. Les *tuiles japonaises* qui recouvraient les hautes parois terminaient d'en faire un refuge sacré, dérobé à la vue des incultes.

L'endroit que Dieu choisit pour donner une juste image

de la félicité sur cette planète n'est pas un bout de terre isolé au milieu de l'océan, non plus un rivage de *sable* blanc, non plus une étendue de blondes céréales, non plus une colline que le vent caresse où broutent des vaches à clochettes : il choisit un *jardin*.

J'étais d'accord avec lui : il n'existe pas de royaume plus grandiose. Seigneuresse en mon domaine, je commandais aux végétaux qui, si je le désirais, se déployaient en un battement de cils. Je fêtais mes premières pousses et je n'étais pas encore au courant que cette verte explosion précédait l'arrivée au sommet, qui elle-même précédait une dégringolade.

Cette fois-là, en fin de journée, je demandais à une fleur en bourgeon : « Épanouis-toi. » Le jour suivant, je la retrouvais *Pivoine*, dans une robe opalescente dont les volants ne finissaient pas d'apparaître. À l'évidence, je possédais des facultés prodigieuses. Et Nishio-san, qui fut mise au courant, ne me contredit aucunement.

À compter de février, mois de naissance de mes souvenirs, mon univers était en expansion. *La nature* fêtait avec moi ce nouveau commencement. Mon royaume végétal gagnait en beauté à chaque apparition du soleil. Si ici les pétales tombaient, là ils repoussaient plus lumineux encore.

Combien ceux qui m'entouraient avaient des raisons de me louer ! Combien j'avais égaillé leur quotidien ! On me devait la création de ces mille splendeurs. Il était bien naturel qu'ils m'idolâtrent.

Cependant, il y avait un bâton planté dans les roues de ma gloire : Kashima-san.

Elle ne me voyait pas du tout comme un Dieu. Elle était la seule Nippone à ne pas suivre cet élan d'adoration. Elle me haïssait. Contrairement aux crédules linguistes qui imaginent justifier la théorie à partir d'une particularité, moi j'avais toute ma tête et l'anomalie que représentait Kashima-san me dérangeait beaucoup.

Par exemple, lorsque je m'asseyais à sa table, elle refusait que je touche à ses aliments. Outrée devant tant d'insolence, j'avais répété mon geste pour attraper quelques denrées : elle m'avait donné une claque !

Abasourdie, j'avais rejoint Nishio-san pour me plaindre, pensant qu'elle corrigerait la rebelle, mais pas du tout.

- Tu acceptes ça ? lui demandai-je, scandalisée.

- On ne peut pas changer Kashima-san.

Devais-je valider cette explication ? Pouvait-on me gifler, moi, parce qu'on ne pouvait pas « la changer », elle ? Et quoi encore ! J'allais me venger de cette indisciplinée qui refusait de m'idolâtrer.

J'exigeai que son *jardin* devienne stérile. Kashima-san sembla s'en moquer. J'en déduisis qu'elle était aveugle aux beautés végétales. En fait, elle ne possédait aucun *jardin*.

Je choisis par la suite une tactique moins agressive : je cherchai à lui plaire. J'avançai vers elle, le visage épanoui de clémence, l'index déplié au bout de mon bras (dans ce même geste que Dieu offre à Adam sur la voûte de la chapelle Sixtine) : elle bifurqua.

Kashima-san ne m'acceptait pas. Je n'existais pas pour elle. De la même façon qu'existe l'*Antéchrist*, mon *Antémoi* s'incarnait dans Kashima-san.

J'éprouvais à son adresse une réelle compassion. Combien elle devait être malheureuse de ne pouvoir m'aimer ; alors que Nishio-san et l'ensemble de mes sujets montraient le visage radieux de ceux qui m'adoraient.

Kashima-san restait réfractaire à toute possibilité d'affection et c'était visible : ses yeux et sa bouche au dessin magnifique demeuraient fermés et l'ensemble disait « non ». Je l'inspectais en détail pour comprendre la raison de son hostilité. Car forcément, ce ne pouvait être de ma faute, tant l'image que j'avais de moi supplantait tout ce qui existait sur terre. Puisque cette noble servante était insensible à mes attraits, cette noble servante avait quelque chose qui ne tournait pas rond.

Et je sus ce que c'était : après tout ce temps passé à l'observer, je compris qu'elle était atteinte du syndrome de l'empêchement. Lorsqu'il aurait été possible qu'elle prenne du plaisir, qu'elle goûte à des mets gourmands, qu'elle s'émerveille ou qu'elle rigole, la mâchoire de Sa Majesté se crispait, se solidifiait : elle s'empêchait.

Sa dignité semblait faire rempart à toute jouissance. Un soupçon d'allégresse l'aurait mise en échec.

Telle une chercheuse, je tentai plusieurs approches. Je coupai dans l'enceinte de notre demeure un sublime *camélia* et le tendit à Kashima-san en lui disant que je l'avais choisi à son attention : lèvres serrées, elle émit un bref remerciement. Je priai Nishio-san de cuisiner les mets qu'elle appréciait le plus : la bouche à peine ouverte, Kashima-san incorpora le délicieux « *chawan mushi* » sans rien en dire. Lorsqu'un *arc-en-ciel* apparut, j'allai vite la chercher afin qu'elle profite du spectacle : ses *épaules* se soulevèrent de dédain.

Dans ces conditions, poussée par la bonté qui me caractérisait, je choisis de lui offrir la plus belle représentation qui ait jamais existée. J'enfilais les vêtements donnés par Nishio-san : un *kimono de soie* couleur saumon adapté à ma taille, paré de *nénuphars*, complété par un grand « *obi* » pourpre, des « *geta* » vernies et une ombrelle en *papier* teint en rouge, montrant le vol de *grues* immaculées. Mes lèvres furent coloriées avec le maquillage incarnat de maman, puis je me plaçai devant une glace pour y observer mon reflet : mon éclatante beauté était indiscutable. Tous succomberaient à ma vue.

En premier lieu, je m'exhibai devant mes partisans - ceux

qui avaient toute ma confiance : leurs exclamations furent à la hauteur de mes espérances. Légère et ondulante, tel un lépidoptère royal, je me lançai sous les projecteurs-fleurs et débutai une chorégraphie endiablée. Au passage, j'attrapai une gigantesque *pivoine* que je fixai à mes cheveux, ce couvre-chef éclatant complétait merveilleusement ma tenue.

Parée de la sorte, j'allai à la rencontre de Kashima-san. Elle resta de marbre.

Je sus alors que j'avais vu juste : elle s'empêchait. Sans cela, quelle autre raison pouvait expliquer qu'elle reste indifférente à ma prestation ? Tel Dieu devant celui qui s'est écarté du droit chemin, je fus submergée de compassion à l'adresse de Kashima-san. Comme je la plaignais !

Les oraisons m'étaient alors étrangères, sans quoi, mes souhaits pieux auraient été vers elle. Je n'arrivais pas à trouver la façon d'incorporer cet être dans mon idée de l'univers ; il en était la pleine contradiction. Cette dissonance m'agaçait.

Ma toute-puissance était contrariée.

Mon *père* fréquentait un monsieur d'origine vietnamienne qui travaillait dans le commerce et dont la femme était *française*. En 1970, son pays fut secoué par les bouleversements que l'on connaît, qui l'obligèrent à y retourner précipitamment. Il prit son épouse avec lui, mais préféra nous laisser son garçon de six ans, sans avoir une idée du jour où il pourrait revenir le chercher.

Hugo semblait plutôt calme et distant. Il me plut. Ce ne fut plus du tout le cas lorsqu'il intégra le camp adverse : celui de *mon frère*. Très vite, on ne les vit pas l'un sans l'autre. Comme représailles, je choisis d'oublier qu'il avait un prénom.

Je continuais à ne pas beaucoup utiliser ma langue maternelle pour préparer le terrain. Me restreindre était de plus en plus éprouvant. J'avais envie de crier au monde des vérités telles que « *Hugo et André sont des cacas verts* ». Malheureusement, on devait continuer de me croire inapte à formuler de si fines remarques. Je rageais en silence et songeais au plat de la vengeance qui se mange froid.

Il m'arrivait de douter : fallait-il cacher la richesse de mon vocabulaire à ma famille ? N'était-ce pas idiot de renoncer à une si belle maîtrise ? Sans le faire exprès, j'incarnai parfaitement la racine latine du *mot « enfant »*. Je savais inconsciemment que les autres me considéreraient avec moins d'attention si je devenais plus volubile - cette même attention que l'on porte aux devins ou aux fous.

Au pays du soleil levant, dans les régions les plus proches du pôle, le souffle tiède d'*avril* enveloppe les corps. Toute la famille se rendit à la plage. J'avais déjà vu le Pacifique dans *la baie* d'Osaka - envahie d'ordures dans ces années-là : il aurait mieux valu se baigner dans les canalisations publiques. Si bien que notre route nous amena vers une toute autre direction : la *mer du Japon*, à Tottori. Je trouvai cette eau sublime. Les Japonais la définissent comme masculine, contrairement à l'*océan* qu'ils voient féminin : je n'ai pas su pourquoi - et ne le sais pas plus maintenant.

L'étendue de sable à Tottori envahissait le champ de vision et il fallut fendre cet immense plateau pour atteindre la mer. Arrivée à ses côtés, je calai mes pas sur les siens : j'étais aussi craintive qu'elle (comme peuvent l'être les petits devant des inconnus) et n'arrêtais pas de m'en rapprocher et de m'en éloigner.

L'ensemble de ma famille s'y engouffra. Maman m'invita à en faire autant. J'avais trop peur, même avec la poche d'air qui serrait mon ventre. Je restais devant l'eau, la craignant autant que je la convoitais. Ma mère plaqua sa paume contre la mienne et me fit avancer. D'un seul coup, mon corps fut soulevé et soumis aux lois physiques de la flottaison. Un cri de joie et de ravissement sortit de moi. Je ressemblais à la belle Saturne encerclée, d'air pour moi, de glace et de poussière pour elle. Une éternité passant, j'avais pris corps avec la mer et l'on dut m'en extraire manu militari.

– *Mer* !

J'avais dit mon *septième mot*.

En peu de temps, je sus nager sans flotteur. La seule chose à faire était de bouger les membres inférieurs et supérieurs dans tous les sens pour réussir à imiter la technique du petit chien dans l'eau. Cela demandait beaucoup d'énergie, je faisais donc en sorte de me maintenir dans une zone où je pouvais prendre appui pour me reposer.

Cette fois-là, le miracle advint : je pénétrai dans l'eau, fis un pas après l'autre, la Corée pour horizon, et je m'aperçus que le sol restait à niveau. En mon honneur, le sol avait comblé son dénivelé. Jésus glissait sur la mer, j'avais le pouvoir de surélever le fond de l'eau : tout le monde a ses petits secrets. Euphorique, j'entrepris de rejoindre la Corée le menton hors de l'eau.

J'ignorai ce qui m'attendait, mais j'y courrai. Mes pieds caressaient le sol lisse et conciliant. J'avançai, j'avançai, en mettant rapidement de la distance avec le Japon par mes enjambées de colosse. Je trouvais que j'avais beaucoup de chance de posséder d'aussi grandes capacités.

J'avançai, j'avançai, et d'un seul coup, je chutai. Le fond de l'eau sur lequel j'avais pu marcher tout ce temps s'effondrait à cet endroit. Je tombai. La mer me happa. Je tentai de mettre en mouvements tous mes membres afin de regagner l'air libre, seulement, lorsque j'y arrivai, la houle, de sa poigne de fer, ramenait continuellement mon visage sous l'eau, un peu comme si un bourreau me mettait au supplice pour me faire parler.

Je sus que la mer allait me tuer. Lorsque j'arrivais à apercevoir la côte, je reconnaissais ma mère et mon père minuscules, endormis, à côté de personnes qui elles, me voyaient, mais ne remuaient pas le petit doigt. Elles suivaient cette règle du pays prônant qu'il ne faut pas porter secours, sans quoi la personne secourue aurait l'obligation, excessivement lourde, d'être redevable à vie.

J'étais sous les projecteurs et mon auditoire suivait mon agonie en direct : cette scène-là, en comparaison de la mort qui m'attendait, m'angoissait au plus haut point.

J'hurlai :

- *Tasukete* !

Peine perdue.

Après réflexion, l'heure des cachotteries syntaxiques était passée et le moment était venu de passer au bilinguisme :

Je repris de plus belle :

- *Au secours* !

Après tout, la mer ne désirait certainement qu'une chose : me forcer à déclarer que je maitrisais le français.

Malheureusement, mon appel à l'aide n'atteignit ni ma mère, ni mon père. L'auditoire adhérait toujours au pacte japonais de refus d'assistance, y associant le refus d'alerter mes parents. Je les voyais me voir couler consciencieusement.

Le moment arriva où mes bras et mes jambes, épuisés, stoppèrent leurs mouvements, où je lâchai prise. Je disparus sous les vagues. Je comprenais que je touchais-là le bout de mon existence : il ne s'agissait pas de louper ces précieux instants. J'essayai alors d'entrouvrir mes paupières. Le spectacle qui m'attendait était magique. Les rayons projetés par l'astre brûlant prenaient une apparence somptueuse au contact de l'eau, bien plus qu'en dehors. La danse des flots faisait apparaître sur son sillage des millions de paillettes.

Je ne songeais plus à mes derniers instants. J'eus l'impression de vivre ici depuis une éternité.

Des mains m'empoignèrent et me ramenèrent à la surface. Je pris une énorme bouffée d'air et posais les yeux sur la personne à qui je devais la vie : *ma mère*, en larmes. Elle me porta jusqu'au sable, soudée à son abdomen.

Je fus enveloppée d'un linge, frictionnée devant derrière : l'eau que j'avais avalée sortit en masse. Enfin, en me cajolant et toujours en pleurant, ma mère expliqua :

— Tu es encore de ce monde grâce à Hugo. Il s'amusait avec ton frère et ta sœur et son regard est tombé sur ton visage s'enfonçant dans l'eau. Il m'a avertie et m'a indiqué ta position du doigt. S'il n'avait pas été là, tu aurais perdu la vie !

Je me tournai vers l'enfant métisse et prononçai d'un ton grave :

- Hugo, *merci* d'être venu à mon aide.

Plus un bruit alentour.

- Elle connaît le français ! Le français de Voltaire ! s'extasia mon père. Il était passé, en un éclair, d'une angoisse extrême vécue à rebours, à l'hilarité.

- Cela fait un bon bout de temps que je le connais, répondis-je en soulevant *les épaules*.

La mer était allée au bout de son projet : je m'étais livrée.

Étendue sur la plage aux côtés de Juliette, je cherchais à comprendre dans quelle mesure j'étais soulagée d'être encore en vie. Mes yeux transformaient Hugo en une inconnue algébrique : si Hugo égale zéro, Je égale rien. Je égale rien : aurais-je pu apprécier ce résultat ? « Mais puisque je n'existerais plus, comment pourrais-je en dire quelque chose ? » pensais-je raisonnablement. Bien sûr que je me réjouissais d'être en vie : je pouvais ainsi me rendre compte que j'avais apprécié son contraire.

La belle Juliette contre mes flans, de magnifiques cumulo-nimbus dans le ciel, face à mes yeux l'eau splendide, le sable à perte de vue dans mon dos : je trouvais merveilleux tout ce qui m'entourait, l'existence méritait qu'on s'y attarde.

Revenue à Shukugawa, je voulus me mettre à la natation. À une distance raisonnable de chez nous, au cœur des reliefs, se trouvait un *petit lac vert*, que j'appelais *Petit Lac Vert*. Il n'y avait pas sur terre de bain plus agréable : ni trop chaud, ni trop froid, plein de charme et d'*azalées*.

C'était devenu un rituel : Nishio-san m'accompagnait au *Petit Lac Vert* en début de journée. Sans l'aide de personne, j'apprenais à me déplacer dans le flux aquatique, tel un animal à écailles, en apnée. Je profitais de la féerie sous-marine, celle que j'avais rencontrée le jour où j'avais été avalée par la mer.

Lorsque je remontais à la surface, mon regard pouvait se perdre dans le vert des reliefs alentour. Je me situais à l'épicentre d'une explosion de magnificence.

Que je sois passée à deux doigts du trépas ne remettait pas en cause ma nature divine (passée sous silence). Pour quelle raison les *dieux* accéderaient-ils à l'éternité ? Pour quelle raison l'éternité induirait la *divinité* ? Une fleur paraît-elle plus terne parce que ses pétales finiront par se flétrir ?

J'interrogeais Nishio-san à propos de Jésus. Elle répondit qu'elle ne pouvait pas en dire grand-chose.

- Il fait partie de la famille des Dieux, essaya-t-elle. Il portait les *cheveux longs*.

- Tu l'aimes ?

- Pas spécialement.

- Tu m'aimes ?

- Bien sûr.

- Mes *cheveux* sont *longs* également.

- C'est vrai. En plus, je sais parfaitement qui tu es.

On pouvait faire confiance à Nishio-san : elle savait défendre ses idées.

Juliette, André et Hugo suivaient les cours de *l'école américaine*, non loin du mont Rokko. Un des ouvrages que mon frère utilisait s'intitulait « *My friend Jésus* ». Il m'était impossible de décrypter les mots, néanmoins, les dessins étaient à ma portée. Dans les dernières pages, le personnage principal apparaissait fixé à deux barres de bois perpendiculaires et une foule l'observait. J'étais hypnotisée par cette image. Je cherchai auprès de mon frère la raison de la position si peu confortable de Jésus.

- Ils veulent qu'il meure, dit-il.

- Si on nous accroche à une poutre, on meurt ?

- Hum hum. En fait, ce sont plutôt les trous dans son corps pour le fixer aux poutres qui vont le faire mourir.

Je trouvais cette raison plausible. Le dessin gagnait en aura. Si je comprenais bien, Jésus trépassait sous les yeux de tous sans que nul n'intervienne ! J'avais l'impression d'avoir déjà vu cette scène...

J'avais vécu la même chose : m'éteindre à petit feu les yeux fixés sur mille yeux. Une seule personne se décidait à enlever les pointes perforantes du condamné et il échappait à la mort. Une seule personne se décidait à m'extraire des flots, ou avertissait seulement les miens et je ne mourais pas. Ces deux situations avaient de commun que les témoins avaient choisi de ne rien faire.

Il y a des chances pour que les deux auditoires aient suivi la même règle, celle des Nippons : dévier une personne de son funeste sort avait pour conséquence de l'assujettir en lui faisant porter une gratitude démesurée. Il était préférable qu'elle perde la vie, plutôt que son indépendance.

Je n'avais pas le désir de lutter contre ce principe ; simplement, je connaissais l'horreur de se voir partir sous les yeux de gens qui ne font rien. Je me sentais proche de Jésus pour avoir ressenti la même colère.

J'avais envie d'approfondir ce récit. Apparemment, le secret des choses était caché au cœur des pages quadrangulaires : il me fallait décrypter les mots. Je fis part de mon projet ; on se moqua de moi.

Si l'on ne m'en croyait pas capable, j'agirais sans soutien. Qu'est-ce qui pouvait m'en empêcher ? Après tout, n'avais-je pas maîtrisé seule des savoir-faire tout aussi importants : le langage, le déplacement sur terre et dans l'eau, le pouvoir, le fonctionnement d'une *toupie*.

Le bon sens me fit débuter avec un Tintin, pour m'aider des illustrations. Je pris un album à l'aveugle, m'installa au sol, puis avançai de case en case. Je ne sais comment cela se fit, pourtant, lorsque *la vache* jaillit de la fabrique et du tuyau servant à fabriquer des *saucisses*, je constatai que mon apprentissage des mots était fait.

Je n'eus aucune envie de divulguer mon exploit, et surtout pas à ceux qui s'étaient moqués de mon projet. Le quatrième mois de l'année voyait se couvrir de blanc *les cerisiers du Japon*. Les maisons environnantes et nous-mêmes célébrions cet événement en fin de journée, en buvant du *saké*. Nishio-san m'en fit boire une dose : je poussai un cri d'allégresse.

Il m'arrivait souvent de ne pas dormir et d'observer mes parents depuis ma couchette, montée sur l'*oreiller*, les mains serrées aux tiges verticales, aussi scrupuleusement qu'un chercheur en comportement animal l'aurait fait avant de rendre son rapport. Cela les rendait de plus en plus nerveux. La solennité de cet examen les gênait tellement qu'ils n'en dormaient plus. Le moment était venu de mettre mon lit ailleurs.

Ainsi, mes affaires furent déplacées sous les toits, dans une pièce qu'on pouvait prendre pour un débarras. J'en fus ravie. Je n'avais jamais vu ce *plafond*-là et ses lézardes m'apparurent bien plus intéressantes à regarder que les pauvres sinuosités étudiées au cours de ces trente derniers mois. Je pouvais également analyser du regard toutes les choses qui traînaient ici : des boîtes, d'anciens habits, une *piscine* en plastique (à plat), des *raquettes* bien usées, ainsi que de nombreux trésors.

Pendant mes nuits blanches et merveilleuses, je songeais à ce qui se cachait dans les emballages : j'y projetais des objets forcément magnifiques, puisqu'on les dérobait aux regards. Je ne pouvais me rapprocher pour les voir de plus près : les barreaux élevés de ma couchette ne me le permettaient pas.

Quelques jours avant mai, un bel événement vint bousculer ma vie : alors que je dormais, quelqu'un fit rentrer l'air dans la pièce. Je ne me rappelai pas que cela soit déjà arrivé. Quelle merveille : mon oreille guettait les rumeurs inconnues qui provenaient du dehors assoupi. Je tentais d'en deviner la source, leur cherchais une raison d'être. Ma couchette était placée contre la paroi oblique du toit, sous l'ouverture en question et quand un souffle dispersait les voilages, j'admirais la nuit couleur *zinzolin*. Devant cette teinte, je fus estomaquée : quel soulagement de savoir que l'obscurité du ciel avait une trame plus lumineuse que l'ébène.

Le son que j'aimais le plus se référait aux plaintes continues émises par un animal non déterminé du royaume canin. Les ondes traversaient une longue distance. J'appelai l'émetteur « *Yorukoé* », « *la voix du soir* ». Ses hurlements embêtaient tout le voisinage. Je les aimais pour leur mélodie triste et douce. Il m'aurait plu de savoir pourquoi ce chien était si malheureux.

Un souffle étoilé passait par l'ouverture et se répandait jusque sur ma couche. Je l'absorbais, je m'en gavais. Cet air offert à foison aurait suffi à me jeter dans les bras du Cosmos.

Mes oreilles et mon nez n'avaient pas de répit au cours de ces somptueuses nuits sans sommeil. Cela me donnait encore plus envie d'utiliser mes yeux. En surplomb de mon lit, cette fenêtre me défiait.

Un soir, je cédai. Je grimpai en haut de ma couchette-prison, contre la paroi et je dressai mes bras le plus loin de ma tête : mes doigts réussirent à s'agripper au bas de l'ouverture. Shootée par ce succès, je réussis à transposer ma maigre silhouette au niveau du cadre. En appui sur mon abdomen et mes bras pliés, le tableau vivant de la nuit m'apparut alors : je m'extasiais devant les immenses et sombres reliefs, devant les charpentes épaisses et élégantes des demeures alentour, devant l'éclat irradiant des pétales de *cerisiers*, devant le secret des passages obscurs. J'entrepris de chercher du regard les fils sur lesquels Nishio-san accrochait les lessives et pour cela, poussai mon corps vers l'avant. La suite est facile à deviner : je glissai.

Ma bonne étoile avait la taille d'une supernova : d'instinct, j'avais entrouvert mes membres inférieurs et crocheté les deux coins, en bas de l'ouverture. Mes jambes suivaient la petite bordure de la charpente, mon bassin était en appui sur le chéneau, mon torse et la suite flottaient au vent.

Quand le début de panique s'estompa, je me sentis finalement à mon aise dans cette tour de contrôle improvisée. J'observais minutieusement le dos de notre demeure. Je m'amusais à faire le pendule d'un côté puis de l'autre et mettais en place un examen topographique à partir des impacts de salive projetée.

Aux premières heures du jour, ma mère ouvrit la porte du grenier en même temps que sa bouche en grand et hurla : je n'étais pas dans ma couchette, en surplomb, les voilages étaient ramenés sur les côtés et laissaient voir *mes pieds* à peine retenus aux deux angles de l'ouverture. Elle me prit au niveau des *mollets*, me réintégra entre quatre murs et me donna une claque sur le postérieur, la plus belle de ma vie.

- Il faut que quelqu'un reste avec elle la nuit pour éviter tout risque.

La décision fut prise de laisser la pièce mansardée à André et que je le remplace auprès de Juliette. Ce changement révolutionna mon existence. Partager les nuits de Juliette donna plus d'ampleur à l'amour que je lui portais déjà : nos lits furent côte à côte quinze années durant.

À partir de ce moment-là, les heures sans sommeil furent consacrées à admirer ma sœur. Les dames enchanteresses lui avaient attribué au moins deux qualités à la naissance : l'élégante beauté et le sommeil. Mon regard rivé sur elle ne l'empêchait pas de rester blottie dans les bras de Morphée, éblouissante de tranquillité. Bientôt, je connaissais parfaitement la cadence de sa respiration et l'air chanté par ses expirations. Je pense être la seule à maîtriser totalement le sommeil d'un être humain.

Passèrent vingt années avant que je tombe sur cette œuvre d'Aragon qui me fit frémir :

Je suis rentré dans la maison comme un voleur
Déjà tu partageais le lourd repos des fleurs [...]
J'ai peur de ton silence et pourtant tu respires
Contre moi je te tiens imaginaire empire
Je suis auprès de toi le guetteur qui se trouble
À chaque pas qu'il fait de l'écho qui le double
au fond de la nuit
Je suis auprès de toi le guetteur sur les murs
Qui souffre d'une feuille et se meurt d'un murmure
au fond de la nuit
Je vis pour cette plainte à l'heure où tu reposes
Je vis pour cette crainte en moi de toute chose
au fond de la nuit
Va dire ô mon gazel à ceux du jour futur
Qu'ici le nom d'Elsa seul est ma signature
au fond de la nuit.

La seule chose à faire était d'intervertir les deux prénoms, Elsa et Juliette.

Elle n'était pas seule à profiter de son sommeil, j'en prenais ma part. Lorsque je mettais un pied hors du lit en même temps que le soleil, j'étais toute neuve et prête à affronter la journée : j'avais reçu tous les bienfaits de la nuit apaisante de Juliette.

Le cinquième mois débuta on ne peut mieux.

Le *Petit Lac Vert* se para des pétales épanouis d'*azalées* et le relief tout autour voulut lui ressembler sans attendre une seconde. Ma baignade se teinta dès lors d'un *rose* éclatant.

Il faisait vingt degrés pendant tout le jour : le paradis. J'allais élire ce moment de l'année comme l'un des plus parfaits, lorsque l'inacceptable se produisit : mon père et ma mère plantèrent une longue perche parmi la végétation de notre terrain pour y faire ondoyer, tout en haut, un gros *poisson* carmin. L'étendard fabriqué avec du *papier* faisait un bruit sec en s'agitant.

Je cherchai à en savoir plus sur cette installation. Il me fut répondu que ce poisson était une *carpe*, qu'on fêtait avec elle le *mois* de *mai*, le mois des *garçons*. Je ne comprenais pas la corrélation et j'en fis part. L'explication donnée fut celle-ci : la *carpe* servait d'emblème aux *garçons* et la tradition voulait que les maisons qui abritent un héritier mâle hissent cette bannière écailleuse.

- Quel est le mois des *filles* ? demandai-je.

- Il n'existe pas.

J'étais abasourdie. Comment pouvait exister une si monstrueuse iniquité ?

André et Hugo se tournèrent vers moi, visages moqueurs.

- Quel rapport y a-t-il entre *une carpe* et *un garçon* ? ajoutai-je alors.

- Comment expliquer que les enfants, lorsqu'ils sont petits, n'arrêtent pas de poser des questions ? me répliqua-t-on.

Offensée, je m'en retournai, mais j'étais sûre du bien-fondé de ma remarque.

Bien sûr, je savais que les organes reproducteurs des filles et des garçons n'étaient pas tout à fait pareils, pour autant, je n'en faisais pas grand cas. C'était une dissemblance parmi d'autres chez les humains : les *Japonais* n'étaient pas comme les *Belges* (je pensais qu'être *blanc* revenait à être *belge* - exception faite de ma personne déclarée *japonaise*), on pouvait être de tailles variables, aimable ou détestable... alors qu'on soit d'un sexe ou de l'autre, cela faisait partie du lot des différences. Je n'avais jamais remis en question ces différences, mais là, je comprenais qu'il y avait anguille sous roche.

Je sortis de la maison me placer au pied de la perche pour bien regarder *la carpe*. Qu'avait-elle de commun avec André qu'elle n'avait pas avec ma personne ? Et qu'avaient les garçons de plus que les filles pour qu'ils aient le droit à un étendard et à un mois - et pas n'importe quel mois : celui de la température idéale et des *azalées* ? Pendant ce temps, aucune reconnaissance n'était accordée aux filles : on ne leur avait pas trouvé une minuscule bannière ou une seule date sur trois-cent-soixante-cinq possibilités !

Je frappai la perche du bout de ma chaussure : cela ne sembla pas l'affecter.

Je doutais de mon attachement à ce cinquième mois. Sans compter que les pétales des *cerisiers du Japon* étaient tous tombés : on aurait pu parler de « déconfiture » de cette saison florissante. Une jeune fleur avait flétrie et elle ne s'était pas réincarnée dans la verdure environnante.

Finalement, il était juste que le mois de mai revienne aux *garçons* : il accompagnait un effondrement.

Je réclamai que l'on me montre des *carpes* faites de chair et d'écailles, de la même façon qu'un roi aurait ordonné qu'on lui montre un *éléphant* vivant.

Ce que je désirais était facile à obtenir sur ces terres nippones. Il paraît même impossible d'échapper à ces poissons pendant ce mois. Les espaces verts dédiés aux promeneurs, s'ils sont pourvus d'un bassin, le voient rempli de *carpes*. Les « koï » ne sont pas destinées aux repas - du reste, ce serait un enfer pour réussir le *sashimi* -, seulement à la contemplation. Se rendre dans un jardin pour les admirer ou se rendre à un récital, voici des initiatives pareillement respectables.

Nishio-san me fit visiter *l'arboretum du Futatabi*. J'y déambulais les narines dressées vers le ciel, impressionnée par la suprême beauté des *cryptomères*, stupéfiée qu'ils soient si vieux : si j'étais âgée de deux ans et demi, et qu'ils étaient âgés de deux cent cinquante ans, cela voulait dire que leur temps de vie prenait exactement cent fois plus de place que le mien.

Il existait un temple dédié à la Nature appelé Le Futatabi. Nul ne pouvait être insensible à ce travail d'orfèvre végétal : j'avais beau passer mes journées dans un environnement paradisiaque, j'en étais moi-même époustouflée. Les feuillus et résineux qui le peuplaient paraissaient au fait de leur pouvoir de séduction.

Nous approchâmes du bassin. Je discernais un mélange de teintes. L'eau nous séparait d'un prêtre bouddhiste qui nourrissait les poissons de minuscules morceaux : jaillissant hors de l'eau, *les carpes* les capturaient au vol. Il y en avait de gigantesques. Le feu d'artifice aux couleurs chatoyantes éclatait dans un dégradé commençant par un *bleu* persan, devenant neige, puis charbon, puis *argent*, puis *orange*, pour finir dans des éclats dorés.

Si on entrouvrait à peine les paupières, seules ressortaient le manège des couleurs pailletées : le spectacle était magnifique. Lorsqu'au contraire les paupières restaient grandes ouvertes, c'est leur imposante carrure de cantatrices, de pythies gavées en élevage intensif, que l'on voyait alors avant toute chose.

On pourrait dire qu'elles avaient des airs de *Castafiore* sans le son, ventrues et parées d'épais manteaux chamarrés. Quand les gros portent des habits bariolés, ça ne les met pas en valeur. Quand les obèses portent des *tatouages* avec plein de couleurs, leurs bourrelets en paraissent augmentés. Je ne voyais rien de plus moche que les *carpes*. Tout compte fait, cela me faisait plaisir qu'on les aient choisies pour représenter les *garçons*.

- La plupart sont centenaires, me précisa Nishio-san avec des salutations distinguées dans la voix.

Je ne partageais pas forcément son enthousiasme. Prolonger son existence tout un siècle ne me semblait pas un but à atteindre. Que la vie du cryptomère soit quasiment infinie, certainement, parce qu'il fallait lui reconnaître sa royale posture, parce qu'il fallait une durée minimale pour qu'il exerce son pouvoir, pour rendre possible l'émerveillement et pour que l'on reste, devant ce géant, aussi puissant qu'imperturbable, à notre humble place.

Qu'une carpe puisse vivre cent ans, cela voulait dire qu'elle allait, de décennie en décennie, se repaître de graisse, pendant que l'intérieur de son corps pourrirait, faisant écho à l'haleine fétide de l'étang. Une chose surpasse la répugnance du gras frais : le gras rassis.

Je ne divulguai pas mes pensées à Nishio-san. De retour dans ma famille, elle leur raconta que j'avais adoré les *carpes*. Je ne la contredis pas, épuisée par avance des explications à fournir.

Mon frère, Hugo, ma sœur et moi faisions notre grande toilette en même temps. Les deux chenapans tout maigres n'avaient aucun point commun avec les poissons en question. Ce qui ne me dispensait pas de les trouver laids. À bien y regarder, le rapprochement fait entre les garçons et les carpes se résumait à leur côté moche. Pour les filles, il aurait été impossible de trouver une bête dégoûtante comme emblème.

Je voulus que maman m'accompagne à l'« *apouarium* » (je ne sais pas pourquoi, je n'arrivais pas à bien dire ce mot) de Kobé, qui fait partie des plus beaux de la planète. Mes géniteurs furent surpris de mon intérêt soudain pour les poissons.

Mon unique désir était de savoir si toutes les créatures marines valaient les carpes en mocheté. Je restais collée de longs moments aux grandes parois transparentes : les poissons et leurs cousins rivalisaient d'élégance et d'attraits. J'en comptais plusieurs de formes si surprenantes qu'ils auraient pu se mêler aux œuvres d'un Kandinsky ou à un défilé de Christian Lacroix.

Mes pensées furent unanimes : *la carpe* gagnait haut la main le concours de la créature aquatique la plus minable - sans aucune concurrence. Je ris dans ma barbe. En fixant ma mine réjouie, maman, très perspicace, conclut que je deviendrai chercheuse en milieu aquatique.

Les Nippons s'étaient montrés pleins de bon sens en élisant la *carpe* comme symbole dédié au genre laid.

J'adorais *mon père*, j'acceptais plus ou moins Hugo - il est vrai que j'avais échappé à la mort grâce à lui - et je considérais *mon frère* comme un parasite. Apparemment, son seul but dans la vie était de me martyriser : il en tirait une si grande satisfaction que cela devenait l'objectif à atteindre. Il n'avait pas perdu son temps s'il était parvenu à me faire tourner en bourrique la moitié d'un jour. Cela semble correspondre à la description de l'ensemble des *frères aînés* : il serait sans doute opportun de les éliminer.

Le sixième mois de l'année voyait les températures s'élever. Ma résidence principale était maintenant le dehors de la maison et je ne retournais dans cette dernière qu'au moment du coucher, en soupirant. Le dernier jour de mai passé, la perche avait été enlevée avec le fanion visqueux qu'elle portait : *les garçons* avaient perdu leurs lauriers. J'étais soulagé d'un poids, aussi lourd qu'aurait pu l'être un visage coulé dans le bronze que j'aurais détesté voir. Adieu la carpe flottant au-dessus de ma tête. Ce sixième mois me plut tout de suite.

Il faisait désormais assez bon pour profiter des représentations en extérieur. On m'informa que l'ensemble de la maisonnée était invité au concert de mon géniteur.

- *Papa* est *chanteur* ?

- Il interprète le *nô*.

- Le *nô* ?

- Ce sera plus clair sur place.

L'occasion ne m'avait pas été donnée d'assister aux vocalises de mon géniteur : il restait seul dans une pièce, ou bien s'entraînait à l'*école*, sous l'autorité de son professeur de *nô*.

Il me fallut attendre deux décennies pour en savoir plus

sur les raisons qui firent de mon père un interprète de *nô* - alors qu'aucune aptitude ne le vouait aux chants poétiques. Il était arrivé comme *consul de Belgique* à Osaka en 1967. Il n'avait jamais travaillé en *Asie* auparavant et à *trente ans*, ce tout neuf ambassadeur était tombé amoureux du Japon, instantanément. Le Japon aussi tomba amoureux de lui. Depuis ce jour, leur idylle ne s'est jamais éteinte.

Il ne connaissait rien et désirait voir l'ensemble des trésors appartenant à cette civilisation. Ne pouvant tout de suite s'exprimer en japonais, une traductrice experte, née sur le territoire, ne le quittait pas d'une semelle. Elle était également celle qui lui faisait découvrir le pays et notamment, ses pratiques *artistiques* ; ce faisant, devant la curiosité de mon père, elle eut envie de lui faire connaître un trésor nippon qui n'est pas le plus facile à apprécier : le « *nô* ». Dans ces années-là, ceux qui n'étaient pas orientaux étaient sourds et aveugles à cet art, alors qu'ils adoraient le *kabuki*.

Elle le conduisit pour cela dans une école de *nô* réputée du Kansai, dirigée par un professeur reconnu comme joyau national. *Mon père* crut se télétransporter un millénaire plus tôt. La machine à remonter dans le temps sembla encore s'emballer lorsqu'il rencontra le « *nô* » : sa première impression lui fit dire qu'il s'agissait de sons de gorge provenant d'une époque ancestrale. Il se sentit fort gêné par le fou rire qui le gagnait, de même type que celui que provoqueraient des acteurs mimant des gestes primitifs, habillés en peau de bête, dans une Galerie de l'évolution.

Petit à petit, il réalisa qu'il se trompait complètement : le nô était un art on ne peut plus raffiné, épuré, empreint d'humanité. Il était pourtant trop tôt pour que mon père succombe à ses charmes.

Son titre de consul ne lui permettait pas d'exprimer sa stupeur devant ces sonorités ahurissantes : il souriait et semblait conquis. À la fin du chant - qui évidemment dura un temps infini -, sa lassitude ne se devinait pas du tout.

Depuis son apparition dans les lieux, toute l'école avait eu le temps d'être intriguée par sa venue et le grand professeur, en personne, se présenta à lui et demanda :

- Cher invité, avant vous, seuls des Japonais venaient ici. Accepteriez-vous de nous faire part de votre ressenti concernant la pièce qui vient de se terminer ?

La traductrice retranscrit ces paroles.

Surpris dans son incompétence, mon père avança quelques généralités autour des savoirs anciens à bien conserver, des trésors de la civilisation japonaise et ajouta quelques banalités, toutes aussi poignantes.

Abasourdie par tant de sottises, l'érudite traductrice préféra changer les propos de mon père en quelque chose qui lui était plus personnel, qu'elle présenta fort joliment.

Plus la jeune femme parlait, plus les globes oculaires du sage sortaient de leurs orbites. Comment ?! Ce *Blanc* inexpérimenté, tout juste arrivé, qui découvrait le nô aujourd'hui, semblait maîtriser instantanément la quintessence et finesse de cette pratique souveraine !

Le sage adopta alors une attitude incroyable pour un Japonais, qui plus est pour un joyau national : avec grand respect, il entoura de ses doigts la paume de l'Européen et prononça ces mots :

- Cher invité, je vous crois grand sage ! Une âme rare. Je veux être votre professeur !

Mon père, admirable parlementaire, réagit promptement par la voix de la traductrice :

- Je le désirais ardemment.

Il ne se rendit pas compte des répercussions de sa courtoisie : il imaginait que le professeur n'allait pas donner suite. Pourtant, dans la minute, il reçut de sa part une invitation - sans possibilité de refus - pour commencer son apprentissage deux jours plus tard, à sept heures du matin.

Une personne censée se serait arrangée pour se soustraire au rendez-vous, en laissant son assistante le faire à sa place dès le jour suivant. Mon père ne devait pas l'être, censé, puisqu'il arriva au moment précis où le grand maître l'attendait - apparemment certain qu'il viendrait. Dès le départ, le maître fut sans pitié pour son élève, il ne lui accorda aucune souplesse. Il trouvait juste qu'un être aussi parfait reçoive un enseignement des plus rigoureux.

Si bien que mon petit papa termina sur les genoux.

- Parfait, conclut le joyau national. Nous poursuivrons *demain*.

- Pardon, mais... je dois être en poste à huit heures trente...

- Ce n'est pas grave. Je vous attends à cinq heures du matin.

Abattu, mon père céda. Tous les jours, au lever du soleil, alors que la plupart des gens dorment encore, il se présentait devant le maître et augmentait par là même sa charge de travail journalière. Les samedis et dimanches, il lui était accordé d'arriver deux heures plus tard, l'équivalent d'une grasse matinée pour lui.

L'élève, qui venait de ce petit pays d'Europe, avait l'impression d'étouffer sous le poids immense de cet art traditionnel japonais qu'il était censé absorber. Pour mon père qui s'intéressait en Belgique au ballon rond et au vélo, une erreur s'était sûrement glissée dans la programmation de sa destinée pour qu'il serve d'offrande au nô, ce Dieu obscur. Pourrait-on imaginer un fêtard passant ses vacances dans un monastère ou un glouton hésiter entre un gratin dauphinois et un brocoli vapeur ?

Il avait tort et l'illustre professeur avait vu juste. Il ne lui fallut pas longtemps pour faire jaillir de l'ample cage thoracique belge des sonorités tout à fait admirables.

- Vous interprétez fort justement le nô, ajouta-t-il à l'adresse de *mon père* (devenu depuis tout à fait à l'aise avec la langue du pays). Il est donc naturel que je poursuive votre apprentissage en vous montrant les pas qui vont avec.

- Vous voulez que je bouge mes... mon... sauf votre respect, m'avez-vous bien observé ? bégaya l'étranger en désignant sa lourde charpente.

- Oui et cela ira très bien. Votre premier cours aura lieu *demain*, à la même heure.

À la fin de la première leçon de danse, le jour suivant, l'enseignant dû partager le sentiment d'accablement de son élève : il était pourtant resté calme durant ces trois heures de pratique, mais cela n'avait pas suffit à soutirer à mon père le moindre geste qui fut léger et harmonieux.

Déçu, mais respectueux, le joyau national termina sa leçon en disant :

- Eh bien, vous deviendrez un cas unique : le seul interprète de *nô* immobile.

Le sage en tira cependant matière à s'égayer (jusqu'aux larmes) lorsqu'il eut l'occasion, devant ses chanteurs, de singer les mouvements gauches de cet Européen s'essayant à *la danse de l'éventail*.

Il était mauvais en chorégraphie, mais, à défaut d'être un excellent chanteur, il fut néanmoins un bon chanteur.

Étant l'unique interprète de nô n'ayant pas de sang japonais, il fut reconnu et désigné dans le pays par ces mots : « *Le chanteur de* nô *aux yeux bleus* ». Il a d'ailleurs gardé ce titre.

Chaque matin de son quinquennat de diplomate à Osaka, mon père s'est rendu auprès du grand maître pour suivre ses trois heures d'enseignement. Une merveilleuse relation se tressa autour d'une sincère affection et d'une haute estime, comme celle que vivent habituellement l'élève et le *sensei* au Japon.

Toute petite, je ne connaissais pas ce récit. L'emploi du temps de *mon père* m'était inconnu. Je le voyais l'après-midi passée, je ne savais pas ce qu'il avait fait avant. Je finis par poser la question à *ma mère* :

\- C'est quoi le travail de *papa* ?

\- *Il est consul.*

Je pouvais ajouter ce terme à ma liste de définitions à étudier.

Le moment était venu d'assister à la représentation à laquelle mon père participait. Maman arriva dans le haut lieu, accompagnée de nous quatre. Nous découvrîmes dans la cour du temple la plateforme préparée selon l'art du nô.

On distribuait aux arrivants des *coussins* compacts destinés à recevoir leurs tibias. Le site était splendide, j'étais curieuse de la suite.

La représentation débuta. Mon père apparut dans un habit magnifique. Il se déplaçait au ralenti, comme on le lui avait enseigné. Je fus remplie d'orgueil devant la belle apparence de celui qui m'avait créée.

Alors, les premiers sons jaillirent de sa gorge. Je retins une grimace d'effroi. Je ne comprenais pas comment des ondes sonores si étranges et terribles pouvaient émaner de son corps. Comment pouvait-on s'exprimer de la sorte et réussir à se faire comprendre ? Pour quelle raison mon père avait-il mué pour faire entendre ce gémissement inconnu ? Qu'avait-on fait de mon père ? Les larmes montaient : l'instant était grave.

- Pourquoi il est comme ça *papa* ? dis-je tout bas à *ma mère*. Elle m'intima le silence.

Cela s'appelait-il *chanter* ? J'aimais beaucoup les airs fredonnés par Nishio-san. Je ne savais pas si je pouvais en dire autant de ce qui jaillissait de mon père, par contre, je pouvais dire que ces sons gutturaux m'effrayaient et m'angoissaient tant, que j'aurais aimé disparaître sur-le-champ.

Il aura fallu du temps, beaucoup de temps, avant que je puisse apprécier le *nô*. Maintenant j'en suis totalement éprise, comme l'est mon père. Dans son cas, il aura été nécessaire qu'il le pratique. Aussi, à moins qu'elle ne se mente à elle-même, une personne qui n'a jamais vu de théâtre *nô* ne peut tout de suite y goûter sans grimacer. Il en est de même pour l'Occidental qui s'initie au repas matinal nippon que la coutume agrémente de *prunes marinées au sel*, très amères.

Ce fut une demi-journée éprouvante. J'avais été plongée dans l'effroi. Mon deuxième bain fut de lassitude. La représentation se déroula sur *quatre heures*, vides d'actions. Pour quelle raison avions-nous accepté l'invitation ? Apparemment, d'autres ne savaient pas non plus ce qu'ils faisaient ici : Hugo et mon frère montraient des signes d'accablement et Juliette, la chanceuse, dormait à poings fermés sur son *coussin*. Quant à *ma mère*, malgré ses efforts, sa mâchoire se décrochait par moment.

Mon père, les genoux pliés - puisqu'il n'avait pas le droit d'accompagner la chorégraphie - débitait sa complainte monotone qui semblait ne jamais finir. À quoi pouvait-il penser ? Les spectateurs japonais ne bougeaient pas d'un cheveu, preuve que son interprétation était bonne.

La dernière scène tomba avec la lumière du jour. Ce n'était pas trop tôt. L'homme venu du petit pays d'Europe se mit debout et disparut un peu trop rapidement de ce décor sacré : il ne sentait plus ses jambes. Bien entendu, ces dommages morphologiques n'affectent pas l'artiste japonais qui peut garder ces membres inférieurs pliés un temps infini. Afin qu'ils ne le voient pas s'écrouler, il lui fallait au plus vite se cacher des spectateurs. Quoi qu'il en soit, une fois parti, l'interprète du *nô* ne réapparaît jamais pour saluer son public. Il faut dire aussi que le spectateur japonais manifeste très discrètement sa satisfaction (le contraire serait vu comme une grossièreté).

Rentrés chez nous, *mon père* voulut savoir comment j'avais trouvé le spectacle. En guise de réplique, je l'interrogeai à mon tour :

- Quand on est *consul*, on fait du nô ?

Papa rigola.

- Pas tout à fait.

- Si ce n'est pas ça, qu'est-ce qu'on doit faire ?

- Tu es encore trop jeune pour comprendre. Je t'en reparlerai plus tard.

« C'est louche », me dis-je. Les occupations de mon père ne devaient pas être tout à fait honnêtes.

Avec un Tintin posé sur mes jambes, on ne pouvait pas deviner que je déchiffrais les mots, on pensait juste que je détaillais les dessins. Mais discrètement, c'est la Bible que je décodais. Je n'y arrivais pas avec l'Ancien Testament, alors que le Nouveau m'était accessible.

La scène qui me plaisait le plus racontait comment Jésus absout Marie Madeleine de ses fautes (dont je n'avais pas idée et ça ne me manquait pas) et comment elle s'accroupit devant lui pour lui masser *les pieds* en utilisant son ample chevelure. Il m'aurait plu de recevoir les mêmes soins.

Les températures grimpèrent d'un coup. Le septième mois de l'année débuta par la période des pluies. Elles étaient quasi quotidiennes et m'enchantèrent tout de suite par leur douceur et leur éclat.

Je pouvais stationner du matin au soir sur le devant protégé de la maison et contempler les nuages déverser leurs flèches liquides sur le sol. Dans cette bataille entre Gaïa et Ouranos, j'étais le juge. Les cumulus, stratus et nimbus semblaient de plus âpres guerriers que la terre, mais elle gagnait à chaque fois : elle puisait sa toute-puissance dans la résistance passive. Lorsqu'arrivaient les gros nuages noirs, elle reprenait sa rengaine :

- Allez, faites-moi mal, lancez-moi toutes vos flèches, le plus fort possible, écrasez-moi, je n'ouvrirai pas la bouche, ne me plaindrai pas, je suis la plus résistante des martyrs. Lorsque votre dernière goutte sera venue, que vous vous serez totalement désintégrés dans mon corps, soyez bien sûr que j'existerai toujours.

Il m'arrivait d'abandonner la terrasse pour m'allonger sur le sol meurtri et connaître sa peine. Je préférais l'heure magnétique de la pluie qui tombe dru, quand la bataille fait rage, que les coups portés au visage tombent sans qu'on ait le temps de se relever, que la cuirasse se désintègre bruyamment en mille morceaux.

Je ne fermais pas mes paupières afin de bien voir les guerriers tomber du ciel. Je les trouvais sublimes. Leur défaite annoncée me déprimait. J'étais liée à un parti, celui de l'ennemi, et mon infidélité était évidente envers Gaia, qui m'hébergeait pourtant. Mon cœur allait aux forces dépressionnaires, si attirantes. J'étais prête à tout afin de leur prouver mon amour.

Nischio-san m'empoignait pour me ramener à l'endroit où j'étais longtemps restée spectatrice, au sec.

- Tu es inconsciente, tu pourrais attraper la fièvre.

Elle retirait mes habits plus que mouillés, me séchait vigoureusement avec une serviette et moi, j'admirais la pluie dense prolonger son action redondante : surfacer la surface. C'était comme vivre dans une énorme station de lavage.

Parfois, les giboulées gagnaient : on nommait l'instant victorieux « *inondation* ».

Les rues commençaient à se remplir. La région du Kansai retrouvait ces débordements tous les *étés*, il n'y avait en cela rien d'alarmant : les gestes expérimentés se structuraient en amont de l'arrivée attendue des eaux, notamment, en maintenant bouches béantes les *ô-miso (les honorables caniveaux)* de la voirie.

Lorsqu'on prenait l'automobile, la vitesse était très limitée pour ne pas éclabousser les abords. Je me sentais comme sur une chaloupe. J'avais plusieurs raisons d'être contente pendant ces périodes de précipitations.

Le *Petit Lac Vert* faisait quasiment deux fois son volume et recouvrait les azalées qui le bordaient. L'étendue de navigation avait par là même doublé et j'aimais ces étonnantes sensations quand le bas de mes jambes rencontrait ces coussins de feuilles et de pétales.

Au cours d'un moment de répit, mon géniteur eut envie de sortir de la maison.

- Ça te dit une petite balade ? dit-il en allongeant son bras dans ma direction.

Je ne pouvais pas dire non.

Ainsi, nous allâmes ensemble arpenter la ville envahie d'eau. J'aimais beaucoup sortir avec *mon père*. Il avait si souvent la tête dans les nuages que je pouvais mettre en œuvre tous les forfaits imaginables. *Ma mère*, par exemple, n'aurait en aucun cas permis que je bondisse de tout mon poids dans les rapides du caniveau, ce qui, en suite logique, trempait *ma robe* et *le pantalon* de papa - qui ne remarquait rien.

L'ensemble des rues et maisons était représentatif de l'urbanisme nippon, esthétique et silencieux, encadré de parois surplombées de *tuiles* japonaises laissant voir le haut des *ginkgos* répartis dans les propriétés. Dans la perspective, la voie rétrécissait jusqu'à devenir le sentier zigzagant à travers les reliefs qui conduisait au Petit Lac Vert. Ce cadre constituait ma maison : nulle part ailleurs je n'ai ressenti ce sentiment d'appartenance. Ma paume était serrée dans celle surélevée de *mon père*, le monde tournait rond, j'adhérais au mouvement, lorsque je réalisai qu'au bout de mon bras, il n'y avait plus personne.

Papa avait disparu, alors que je ne pouvais pas douter qu'il était contre moi l'instant précédent. Mon regard avait changé d'angle juste une seconde et cela avait été assez pour que mon créateur se volatilise - sans que je me rende compte du glissement de sa paume.

Je fus prise d'une peur panique : les humains avaient donc la capacité de s'évaporer dans la seconde ? Leurs existences étaient-elles à ce point incertaines qu'il leur était possible de disparaître en ne donnant aucune raison, aucun éclaircissement ? Mon père, ce héros, était-il capable de s'éclipser d'un coup d'ailes ?

C'est alors que l'écho de mon prénom me parvint. Mon père me parlait de l'au-delà, assurément, puisqu'il n'apparaissait pas dans mon champ de vision panoramique, plusieurs fois scruté. Pour arriver jusqu'à moi, les ondes sonores qu'il émettait paraissaient franchir une autre dimension.

- *Papa*, je ne te vois pas !

- Ici, dit-il posément.

- Comment ça ici ?

- Reste où tu es. Il ne faut pas revenir où je me trouvais.

- À quel endroit te trouvais-tu ?

- À environ une enjambée sur *ta droite*.

- Que s'est-il passé ?

- Je n'ai pas vu la bouche d'égout dans la chaussée : maintenant je suis au fond, sous la rue.

J'observais ce qui m'entourait. Je ne voyais aucune ouverture se détachant des flots. Il me fallut un peu plus de temps pour distinguer une forme de spirale semblant désigner le trou en question.

- Tu te caches dans l'égout, *Papa* ? dis-je en riant.

- C'est ça mon cœur, répondit-il calmement pour ne pas m'effrayer.

Ce n'était pas la bonne tactique : il aurait dû m'affoler, je ne ressentais pas la moindre inquiétude. Au contraire, l'événement me semblait magnifiquement burlesque, en rien tragique. Je regardais la bouche qui l'avait avalé, trouvant incroyable que l'on soit capable de communiquer malgré cette épaisse couche d'eau : il m'aurait plu de descendre visiter sa demeure liquide.

- Comment tu te sens dans ta maison, *Papa* ?

- Pas trop mal. Tu veux bien retourner voir *Maman* pour lui expliquer que je me trouve dans le caniveau ? Il prononça cette phrase si posément que je ne me rendis pas compte du rôle important que j'endossais.

- D'accord.

Je fis demi-tour et commençai ma déambulation.

Un peu plus tard je stoppai net sous l'éclat de la vérité : voilà donc le travail de papa ! C'était clair comme de l'eau de roche ! *Égoutier* et *Consul* revenaient au même ! Avec moi, il était resté discret sur ses activités parce qu'il n'en tirait pas vanité. Quel garçon secret !

Je souriais de satisfaction : l'énigme du travail de papa était résolue. Il quittait la maison aux aurores, rentrait en fin de journée et je n'avais pas eu vent de son emploi du temps. Maintenant je savais : son travail le retenait du matin au soir sous la chaussée.

Finalement, cela me plaisait que la profession de papa soit liée à l'*eau* (même impropre à la consommation), elle restait la substance alliée, mon alter ego, mon habitat naturel, et pourtant, j'avais été à deux doigts d'y laisser ma vie. Ne paraissait-il pas naturel, somme toute, que se soit ma substance préférée, avec laquelle je pouvais facilement communiquer, qui ait faillit m'absorber ? À ce moment-là, il ne me venait pas à l'idée que les proches soient les mieux placés pour, un jour, nous poignarder dans le dos ; par contre, j'avais conscience que les trucs très attirants comportaient un risque maximal, par exemple, s'incliner jusqu'au déséquilibre à travers l'ouverture d'une pièce, s'étendre le long de la route...

Toutes ces riches réflexions me firent complètement oublier le rôle de messagère confié par l'ouvrier du caniveau. Je continuais ma promenade en m'amusant sur les bas-côtés, je bondissais dans les flots, je fredonnais des airs de ma création ; mes yeux tombèrent sur un *chat*, un peu en hauteur, qui semblait craindre le grand bain et ne pouvait avancer : il put venir contre moi pour passer le barrage et retrouver la terre ferme surélevée - en prime, je lui vantais les avantages et bonheurs de la nage. L'animal déguerpit et je n'eus même pas le droit à un mot de politesse.

Mon géniteur avait trouvé une façon bizarre de me parler de son travail. Au lieu d'utiliser des mots, il avait préféré me faire une présentation in situ, en essayant de me surprendre avec une disparition éclair dans un trou d'eau. Ce *Papa* ! Je pouvais imaginer qu'il y travaillait également le *nô*, puisque ses cordes vocales ne résonnaient pas dans la maison.

Les fesses posées sur le bas-côté, je construisis une barque avec des *feuilles de ginkgo* avant de la laisser filer sur la rivière. Je me mis à courir après elle en sautillant. Comme c'était curieux : des Japonais ayant recours au service d'un *Belge* afin de gérer leurs caniveaux ! Ce petit pays d'Europe devait se prévaloir de former les plus grands spécialistes. Quoi qu'il en soit, cela ne méritait pas qu'on s'y attarde. Dans une poignée de jours, j'allais fêter mes trois ans : comme j'avais envie qu'on m'offre ce doudou *éléphant* ! J'en avais parlé discrètement - mais sûrement - devant mes géniteurs afin qu'ils prennent note de mon désir, malheureusement, ils étaient parfois durs d'oreille.

Sans ce déluge, je me serais abandonnée à mon activité favorite, le *défi* (c'est le nom que je lui donnais) : je m'allongeais le long de la route, fredonnant intérieurement les paroles d'un air de mon choix jusqu'aux derniers mots et alors seulement, je pouvais me relever. Je ne pouvais pas me relever avant, quels que soient les événements extérieurs. Je me suis souvent posé cette question : un véhicule fonçant sur moi m'aurait-il délogée, mon courage était-il assez grand pour que je garde ma position ? En y pensant, j'avais des palpitations. Je n'avais pas eu de chance : les seules occasions qui m'avaient été offertes d'exécuter mon *défi* sans que mes parents ou ma nounou me voient, nul engin n'avait roulé dans ma direction. Je ne pouvais donc pas apporter de conclusion à mes calculs de probabilité.

Passée cette série de cheminements de l'esprit, d'exploits sportifs, d'expéditions dans les profondeurs et le long des fleuves, je rentrai chez moi. Je me posai sur le devant de la maison et donnai de l'élan à *ma toupie*, sans m'arrêter. Les minutes passèrent ainsi sans que je m'en rende compte.

Maman s'enquit enfin de ma présence.

- Vous voilà, constata-t-elle.

- Me voici, précisai-je.

- Que fait papa ?

- Il fait son métier.

- Il est parti au *consulat* ?

- Il est resté dans le caniveau. D'ailleurs, il voulait que je t'en parle.

- Comment !

Maman prit aussitôt le volant et exigea que je lui indique où se trouvait le caniveau de papa.

- C'est pas trop tôt ! se lamenta le consul.

Ma mère ne réussit pas à le sortir de là, aussi, elle demanda de l'aide aux personnes habitant à proximité et l'un d'eux vint de façon heureuse avec *une corde*. On la fit descendre au fond du trou. Papa rejoignit la surface, hissé par les plus costauds. Des passants s'étaient agglutinés petit à petit et attendaient la remontée de l'homme de l'Atlantide. Le spectacle ne décevait pas : ce n'était pas Monsieur Bibendum, mais bien Monsieur Gadouillou. Les nez aussi étaient à leur affaire.

Devant le degré de stupéfaction alentour, je réalisai mes deux erreurs : la profession de papa devait se tenir loin des caniveaux et l'événement était grave. Cela me peina : il m'aurait plu qu'un proche travaille dans les égouts - ajouté à cela que je revenais au point zéro de mon enquête sur la signification de *« consul »*.

On décréta qu'il fallait attendre l'arrêt des inondations pour marcher à nouveau dans la ville.

Le mieux à faire, lorsque les nuages n'en finissent pas de pleurer, reste de plonger dans un bassin. La solution aux problèmes liquides consiste à trouver un plus gros volume de liquide.

Le *Petit Lac Vert* est alors devenu ma seconde maison. Quotidiennement, Nishio-san et moi faisions le trajet, elle, vissée à *son parapluie* : son clan politique s'affirmait dans la volonté de faire barrage au mouillé ; pour ma part, j'avais tout de suite prôné le « Toujours Trempée » : je sortais de chez moi en tenue de natation afin que la pluie se soumette à ma loi.

Je rentrai dans l'eau pour un temps infini. Lorsqu'il se mettait à pleuvoir fort, je vivais des instants magiques :

j'intégrai le niveau de l'eau en m'allongeant à l'horizontale pour accueillir frontalement les splendides projections du ciel. J'étais le réceptacle de l'univers. Je buvais le moindre millilitre de la puissante boisson qu'il me proposait en cadeau. Il était généreux. Ça tombait bien : mon appétit d'eau était grand, je me sentais capable de vider le fond du monde.

Du liquide m'enveloppait de tous les côtés et m'imprégnait totalement : cette matière me définissait. D'ailleurs, il n'était pas étonnant que mon *prénom* nippon contienne le mot *pluie*. Comme elle, j'avais l'impression d'être importante, mais aussi risquée, neutre, mais aussi fatale, calme, mais aussi bruyante, détestable, mais aussi pleine de gaîté, paisible, mais aussi agressive, banale, mais aussi exceptionnelle, douce, mais aussi piquante, sournoise, mais aussi persévérante, harmonieuse, mais aussi tapageuse - et toujours en premier, loin devant, je me pensais invincible.

Quelques-uns m'évitaient en se cachant sous un auvent ou *un parapluie*, ça ne me dérangeait pas. J'étais sûre qu'à un moment ou à un autre, ils me sentiraient. D'autres s'arrangeaient pour m'expulser aussitôt introduite ou m'opposaient une protection bétonnée, pour autant, j'arrivais toujours à rentrer en contact. Et ce, y compris sur des zones ensablées où on doutait de me voir - en tout cas, j'étais certaine que dans ces endroits, on m'évoquerait plus d'une fois. D'autres encore haïssaient mes épanchements qui duraient plus d'un mois, mais je m'en fichais.

Forte de mon savoir ancestral, je donnais aux précipitations le plus haut degré de volupté. Quelques individus semblaient avoir compris qu'ils gagnaient à m'aimer, en accueillant volontairement tout le liquide que je leur offrais. Cela dit, il était encore plus jouissif de se retrouver dans ma peau d'eau de nuages : le plaisir était immense de se répandre, bruine ou giboulée, de gifler les joues et les décors, de remplir les cavités ou faire dégorger les cours d'eau, de saboter les cérémonies nuptiales et célébrer les deuils, de lâcher tout, cadeau céleste, heureux ou empoisonné.

Petite, je grandissais sous ces intempéries nippones aussi favorablement qu'un escargot dans un pré normand.

Fatiguée d'assister à mes ébats dans le Petit Lac Vert, Nishio-san criait dans ma direction :

- Ne reste pas dans l'eau : elle va te dissoudre !

Peine perdue. Ma dissolution était belle et bien consommée.

Huitième mois. « *Mushiatsui* », « *la chaleur* » geignait Nishio-san. On pouvait effectivement se croire dans un sauna. À une cadence effarante, nous étions tour à tour inondés de sueur puis transformés en boule de gaz. Mon organisme mi-femme-mi-poisson ne s'en plaignait aucunement, mais je ne connaissais personne qui partageait ces plaisirs.

Papa détestait participer aux spectacles de nô dans ces conditions climatiques. Lorsque ceux-ci avaient lieu en extérieur, il priait pour qu'une averse y mette fin. Je souhaitais que la même chose arrive, d'abord pour que cesse le désœuvrement qui me gagnait au fil de la pièce, ensuite et avant tout, pour retrouver l'ivresse des ondées. Le magnifique grognement de l'orage rencontrant les reliefs n'avait pas d'équivalent sonore.

J'aimais raconter des trucs faux à Juliette. Je pouvais dire ce que je voulais du moment que ça sortait de mon imaginaire.

- Je possède *un âne*, affirmai-je à ma sœur.

Pour quelle raison avais-je choisi cet animal ? L'instant précédent, je n'avais rien en tête.

- Pas un faux *âne ! Un âne* qui n'a peur de rien, continuai-je dans la foulée.

- Que me chantes-tu là ? répondit-elle enfin.

- C'est vrai. Mon *âne* habite dans un pré qui se trouve sur la route du *Petit Lac Vert*.

- Je n'ai jamais vu de pré sur cette route.

- Il est caché.

- À quoi ressemble *ton âne* ?

- Son poil est cendré et il a de grandes *oreilles*. Il se prénomme Kaniku, continuai-je à mentir.

- Qui t'a dit son nom ?

- Je l'ai choisi moi-même.

- Tu ne peux pas faire ça. Il ne t'appartient pas.

- C'est mon *âne* !

- Qu'est-ce qui te fait dire que c'est le tien, qu'il n'a pas déjà un maître ?

- On en a discuté.

Juliette éclata de rire.

- Tu inventes ! *Les ânes* font Hi-Han, c'est tout.

Mince, je n'avais pas pensé à ça. Je continuai quand même :

- *Mon âne* a l'incroyable pouvoir de communiquer avec les humains.

- C'est pas vrai.

- Pense ce que tu veux... dis-je de façon dédaigneuse pour clore la discussion.

Je cherchai à inscrire profondément dans ma tête qu'à l'avenir, je devrais faire taire les bêtes.

Je repris mon élan :

- Je possède un cafard.

Je ne sais pas pourquoi, mais Juliette ne broncha pas.

Je testai sa réaction sur un fait bien réel :

- Je peux déchiffrer un texte.

- Ben voyons.

- Je ne mens pas !

- J'te crois, j'te crois.

Ainsi, mensonge ou réalité, rien ne fonctionnait.

Je n'en restai pas là et tentai une nouvelle fois d'être prise au sérieux :

- *J'ai* trois ans.

- À quoi ça rime de raconter toujours des bobards ?

- Mais c'est vrai !

- Tu auras trois ans dans un peu plus d'une semaine.

- On peut donc dire quasiment.

- Quasiment n'est pas la même chose que précisément. Quand je te dis que tu racontes toujours des bobards.

Ainsi, je n'y pouvais rien : on ne me prenait pas au sérieux. Tant pis. Finalement, je me fichais que l'on me prenne pour une menteuse, du moment qu'on me laisse explorer mon imaginaire, et en jouir.

C'est comme ça que je commençai à construire des récits pour moi seule - que jamais je ne remettais en cause.

Rien à l'horizon dans la pièce des fourneaux : l'aubaine ne se représenterait pas de si tôt. Je bondis *sur la table* et repérai les meilleures prises pour escalader le placard des réserves. Un premier appui sur le *thé*, un second appui sur les *petits-beurre*, les doigts accrochés au manche de *la louche*, j'avais bon espoir de découvrir l'emplacement secret, le coffre des pirates dans lequel maman dissimulait le *chocolat* et les *caramels*.

J'eus des palpitations à la vue d'une boîte en métal argenté. Un premier appui à bâbord dans le paquet de *riz*, un second appui à tribord sur les *algues* déshydratées, le loquet du coffre céda devant la force de mon envie. Je soulevai le couvercle et fus éblouie par les scintillements du trésor : chocolats, bonbons, gommes à mâcher, *réglisses* et cubes de guimauve. Le magot ! Sur les sommets de cette montagne de sucres et d'*antioxydant E428*, j'allais dresser mon étendard et savourer mon triomphe, lorsque des bruits cadencés me parvinrent.

Que faire ? J'abandonnai mes joyaux au plus haut de la réserve, dévalai le relief et disparus *sous la table*. Les pas se rapprochèrent et je pus voir les chaussons de Nishio-san et les *geta* de Kashima-san.

Kashima-san prit place à table et Nishio-san commença à préparer *le thé*. La première parlait à la seconde comme si elle avait été à son service exclusif. En plus de savourer son rôle de despote, elle proférait d'horribles paroles :

- Il est évident qu'ils n'ont pour toi aucun respect.

- Je ne crois pas.

- C'est pourtant clair. La dame *belge* s'adresse à toi pareillement qu'à un sous-fifre.

- À part toi, aucun habitant de cette maison ne me traite de la sorte.

- C'est logique : ma supériorité reste une évidence. Contrairement à elle, je ne fais pas semblant.

- *Madame* ne fait pas semblant.

- *Madame, Madame...* c'est grotesque de la nommer ainsi.

- Elle me nomme par mon prénom et dans son pays, cela revient à dire *madame*.

- Lorsque tu t'éloignes, soit certaine qu'elle parle de toi en disant *la bonniche*.

- Tu ne peux pas le savoir puisque tu ne connais pas leur langue !

- Les *blancs* n'ont pas cessé de nous dédaigner.

- Ce n'est pas leur cas.

- Tu n'as donc rien dans le crâne !

- *Monsieur* interprète le *nô* !

- « *Monsieur* » ! Tu ne t'es pas rendu compte que c'est un moyen pour se jouer des Japonais ?

- Il rejoint son maître tous les jours dès l'aube.

- Pour un militaire qui doit servir sa nation, rien de bien étrange à ce qu'il rejoigne vite son poste.

- Il est consul, pas colonel.

- On sait bien quel genre de travail faisaient les consuls en 1940.

- Cela fait plus de trente ans, Kashima-san.

- Quand bien même ? C'est encore la même chose.

- Je ne comprends pas pourquoi tu es à leur service en les détestant à ce point.

- Je ne les sers en rien, cela t'a-t-il échappé ?

- Non, bien sûr. Malgré tout, tu ne refuses pas le salaire qu'ils te donnent.

- Ce n'est rien comparé à ce qu'ils nous ont volé.

- Je ne crois pas qu'ils nous aient volé quelque chose.

- Bien sûr que si ! Ils ont anéanti notre merveilleuse nation en 1945, celle qui surpassait toutes les autres.

- Ça ne nous a pas empêchés de triompher : aujourd'hui, la puissance du Japon dépasse celle de la Belgique.

- Le Japon n'a plus rien à voir avec celui des années trente. Tu n'y étais pas. On pouvait alors s'enorgueillir d'appartenir au royaume nippon.

- Tu n'étais pas encore adulte à cette époque. Tes pensées sont faussées par tes souvenirs nostalgiques.

- Ça n'a aucun rapport. La preuve, tu évoquerais ton enfance ou ton adolescence, ce serait navrant.

- C'est vrai. Je n'ai pas eu la chance de naître dans une famille riche. Et la guerre n'y aurait rien changé.

- Dans les années antérieures au conflit, *la beauté* était offerte à tous, aux fortunés comme aux démunis.

- Comment peux-tu l'affirmer ?

- De nos jours, *la beauté* a disparu des yeux de toutes les catégories sociales.

- Je peux encore la voir, moi.

- Tu en vois des miettes qui s'envoleront bientôt. Notre pays tombe en lambeaux.

- Ces phrases me sont familières...

- Je connais ton point de vue. Tu ne me crois pas et pourtant, il serait temps que tu prennes conscience du danger. Tu imagines que l'on t'apprécie alors que ce n'est pas le cas. Il faut que tu aies la jugeote d'un enfant pour ne pas t'apercevoir qu'ils ont une piètre idée de toi et que leurs marques de sympathie ne sont qu'hypocrisie. Ça se comprend. Les pauvres comme toi ont toujours été rabaissés et n'ont pas suffisamment de recul pour s'en rendre compte. Pour ma part, je viens des hautes strates de la société et je vois bien quand on ne me considère pas à ma juste valeur.

- Ce n'est pas du tout le cas dans cette maison.

- En ce qui me concerne, c'est vrai. Ils ont assez vite

compris qu'ils ne pouvaient pas nous mettre dans le même panier.

- D'accord, mais au bout du compte, on me considère comme une proche, ce qui n'est pas ton cas.

- Quelle idiote tu fais d'imaginer ça !

- Les petits m'aiment beaucoup et encore plus la dernière.

- Comment en serait-il autrement ? Tu nourris n'importe quel petit chien et il s'attache ! Quelle différence entre des petits chiens et des enfants hauts comme trois pommes ?

- Ces petites bêtes ont toute mon affection.

- Peut-être que ça te fait plaisir d'appartenir à une meute, seulement, ne sois pas surprise qu'un matin, on te malmène comme un vulgaire bâtard.

- Comment ça ?

- Je sais ce que je dis, poursuivit Kashima-san en déposant son breuvage - geste qui semblait marquer la fin de la conversation.

Le jour suivant, Nishio-san fit savoir à *mon père* qu'elle quittait son poste.

- Mon emploi du temps est chargé, je me sens épuisée. Je dois retourner auprès de mes filles pour prendre soin d'elles : elles sont encore trop jeunes, à dix ans, pour se débrouiller toutes seules.

Ma mère et mon père, bien qu'abattus, n'avaient pas les moyens de l'empêcher de partir.

Je courus m'agripper à la nuque de Nishio-san :

- Reste ! S'il te plaît ! S'il te plaît !

Des larmes coulèrent sur ses joues. Cela ne suffisait pas. Elle ne revint pas sur sa décision. Je décelai un rictus de satisfaction sur le visage de Kashima-san.

Je me précipitai auprès de mes géniteurs pour leur faire part des paroles entendues lorsque j'étais sous la table. Papa, très en colère devant le comportement de Kashima-san, prit Nishio-san à part. Je me blottis au creux de maman en pleurant et en n'arrêtant pas de dire :

- Nishio-san ne peut pas me quitter ! Nishio-san ne peut pas me quitter !

Ma mère voulut me faire comprendre, pleine de tact, que je ne pourrais pas toujours rester avec elle.

- Papa ne travaillera pas toute sa vie dans ce pays. D'ici trois années au maximum, nous irons habiter ailleurs et Nishio-san ne nous suivra pas. Alors, vous serez obligées de vous séparer.

Le monde s'écroulait devant mes yeux. Mon cerveau avait été envahi par trop d'informations horribles en même temps : il ne pouvait en intégrer aucune. Maman ne semblait pas s'apercevoir qu'elle me prédisait la fin du monde.

Il me fallut plusieurs minutes avant de retrouver l'usage de la parole.

- Nous quitterons le Japon ?

- Oui. Papa sera muté dans un autre pays.

- Lequel ?

- On ne nous le dit pas à l'avance.

- À quel moment ?

- C'est pareil, on ne nous le dit pas.

- C'est impossible. Je reste. Je dois rester.

- Tu préfères nous quitter ?

- Non. Je veux que vous continuiez à vivre avec moi ici.

- Nous ne le pouvons pas.

- Pour quelle raison ?

- Papa ne va pas quitter son travail de consul.

- D'accord, mais on peut rester quand même !

- Non, c'est le gouvernement belge qui décide pour lui de son poste.

- Mais le gouvernement belge n'est pas à côté ! Il ne sera pas capable de sanctionner papa s'il ne fait pas ce qu'il dit.

Maman rigola. Mes larmes redoublèrent.

- Tu rigolais, en fait, on va rester !

- Je suis sérieuse : on ne pourra pas toujours rester.

- Mais c'est impossible ! Il faut que je reste ! Je suis japonaise ! Ma place est là, sous ce toit !

- Tu n'es pas japonaise !

- Si ! Je ne pourrais pas survivre à un départ !

Je faisais valser mon crâne à la façon d'une démente. Je me voyais dans un océan d'eau, sans appui, en train de couler, j'agitais tous mes membres, je voulais retrouver une surface sous mes pieds, mais je ne sentais rien en dessous ni ailleurs, j'étais chassée de cet univers.

- Je t'assure que tu survivras.

Pourtant, je commençais à dépérir. Cette information m'était tombée dessus, celle qui parvient à la connaissance de tous les hommes à un moment donné : ce à quoi tu tiens va disparaître pour toujours. « On te retirera tout ce que tu as reçu » : voilà comment j'interprétais la catastrophe. Cette phrase allait devenir le refrain de mes jeunes années et de celles qui suivront. « On te retirera tout ce que tu as reçu » : la perte jalonnera toute ton existence. Perte de cette civilisation adorée, des reliefs alentours, des jardins odorants et colorés, de l'habitation protectrice, de Nishio-san et des mots japonais échangés ensemble. Si encore l'hécatombe s'arrêtait là. Tu n'en verras pas la fin. Un adieu à jamais, sans possibilité de retour, de croiser à nouveau l'objet perdu : on tentera de te tromper, à la manière dont Dieu trompe Job en remplaçant son épouse, sa maison et ses petits. Malheureusement pour toi, ta clairvoyance ne t'offrira pas la possibilité d'être leurrée.

- Pourquoi suis-je punie ? dis-je en pleurant.

- Tu n'es pas punie. Tu n'as rien à te reprocher. C'est la vie.

J'aurais préféré me reprocher tel ou tel forfait. Que cette cruauté soit le résultat logique d'actes répréhensibles. Absolument pas. C'est la vie ! Ton attitude, bonne ou mauvaise, n'a aucune conséquence. « On te retirera tout ce que tu as reçu » dit la loi.

À l'approche des trois ans, on a conscience que sa propre vie a une fin et ce n'est pas grave : l'échéance est si lointaine qu'elle en devient improbable. Par contre, quand on nous dit qu'à échéance de trois ans, il nous faudra quitter définitivement le havre de paix fleuri de la maison - et ce, en ayant respecté les principes de la haute autorité -, il n'y a pas pire information à recevoir, brutale et immorale. Elle aura comme conséquences des déchirements et des peurs qui jamais ne s'apaiseront.

« On te retirera tout ce que tu as reçu » : et tu ne peux même pas imaginer ce que les goujats arriveront à te retirer.

Je criai alors à la hauteur de ma désespérance.

C'est alors que papa et Nishio-san nous retrouvèrent. Ma nounou se précipita vers moi pour me soulever de terre.

- Ne t'inquiète pas, je ne quitte plus votre maison, je ne démissionne pas, je ne te quitte plus, tout va bien !

Ses paroles prononcées quinze minutes avant auraient pu transformer mes larmes en rires. Seulement maintenant, l'épée de Damoclès était suspendue au-dessus de ma tête : la catastrophe était annoncée. Quel mince soulagement.

Devant l'inévitable dépossession à venir, seules deux réactions sont envisageables : ou bien on choisit de garder son cœur éloigné des personnes ou des objets, pour adoucir l'arrachement ; ou bien on choisit, à l'inverse, d'adorer les personnes et les choses de façon démesurée -

« à l'évidence, nos jours ensemble sont comptés, aussi, tu vas recevoir au cours des 365 jours à venir l'équivalent de toute une existence d'affection. »

Ma décision fut immédiate : je fis un énorme câlin à Nishio-san, aussi compact que mes muscles ramollis le pouvaient. Pour autant, mes larmes ne tarirent pas avant un moment.

C'est ce tableau d'une Madone à l'enfant, rassurée et émue, que surprit Kashima-san sur son chemin. Elle prit conscience du poids sentimental que je représentais et qui avait pesé dans la balance - à défaut de savoir que mon oreille avait traîné sous la table.

Sa bouche se pinça. Ses yeux me dirent combien elle me détestait.

Papa réussit à me tranquilliser un peu : nous ne quitterions pas le pays avant deux ou trois années. Cela revenait, à mon échelle, à doubler le temps de présence sur ces terres qui avaient accueilli mon premier souffle. La pilule passait mal : elle amoindrissait les souffrances, mais ne soignerait pas la cause du problème. Je proposais à mon père de choisir une autre profession : il objecta qu'être ouvrier des caniveaux ne lui plaisait pas plus que ça.

À partir de ce moment, mon existence fut empreinte de

gravité. Dans la deuxième partie de cette journée lourde en divulgations, Nishio-san me conduisit dans un parc pour enfants. Là, sur le pourtour surélevé du terrain ensablé, je tins soixante minutes en rebonds énergiques avec, dans la tête, cette phrase tournant en boucle :

« Il ne faut rien oublier ! Il ne faut rien oublier ! »

« En sachant que tu ne resteras pas dans ce pays, qu'on te retirera ton paradis fleuri, Nishio-san et les reliefs alentour, que tout ce que tu as reçu te sera enlevé, tu dois absolument garder en mémoire ces biens précieux. La mémoire et les caractères imprimés sont pareillement magiques : dans un ouvrage, si tu lis *« chat »*, ce qui est sous tes yeux ne ressemble pas du tout au félin de la maison d'à côté qui t'observait de ses magnifiques pupilles verticales. Malgré tout, ces deux chats, à l'encre noire ou au sang chaud, te ramènent avec autant de bonheur devant ces yeux brillants qui t'enveloppent de douceur.

« Ainsi va le souvenir. Ta mamie n'est plus de ce monde, pourtant, ta mémoire la remet en mouvement. En réussissant à inscrire tous ces biens précieux sur les murs de ton crâne, tu pourras y retrouver, peut-être pas leur présence physique, mais de façon sûre, leur énergie.

« Maintenant, tous les beaux instants seront consécrations et définiront ton existence. Ils enfileront leur vêtement d'apparat avant de recevoir leur Légion d'honneur sur l'estrade de ton cervelet. L'étendue de tes sentiments formera ton héritage. »

Le moment que j'attendais tant, arriva : je pouvais fêter mes trois ans. Je n'avais pas pu profiter des célébrations précédentes, mais cette fois, la commémoration avait une envergure internationale. Ce jour-là, dès que mes yeux s'ouvrirent, j'eus en tête les images de Shukugawa en liesse.

Je bondis sur la couche de Juliette que je trouvais plongée dans ses rêves et la poussais par à-coups.

- J'ai envie que tu me souhaites mon *anniversaire* avant les autres.

J'imaginais qu'elle se montrerait ravie de ce privilège. Elle ronchonna *bon anniversaire* puis changea de côté dans un mouvement d'agacement.

Je laissai derrière moi l'indifférente pour rejoindre l'étage en dessous et la pièce des fourneaux. Nishio-san eut une attitude exemplaire : elle adopta la position phare de son pays pour se positionner à la hauteur de mon être divin, avant de louer ma prouesse. Elle voyait juste : tout le monde ne pouvait pas se prévaloir d'afficher de si beaux trois ans.

Ensuite, Nishio-san s'inclina à mes pieds. J'en fus incroyablement satisfaite.

Je la questionnai alors sur ce qui allait suivre : serait-ce les gens de la ville qui se déplaceraient jusqu'à la maison pour m'honorer ou fallait-il traverser la cité afin d'accueillir leurs acclamations ? Nishio-san dut réfléchir un peu et aboutit à cette conclusion :

- Aux beaux jours, tous les habitants quittent la ville. À une autre période, tu aurais eu droit à une grande fête en ton honneur.

Finalement, je n'étais pas déçue par cette nouvelle : j'aurais certainement été fatiguée par tant d'agitation. Je préférai largement fêter ma réussite dans le cercle confidentiel du foyer. Si, tel que je l'espérais, j'allais rencontrer mon doudou *éléphant*, je n'attendais pas de joie plus grande au cours de ces prochaines vingt-quatre heures.

Je sus par mes géniteurs qu'il faudrait attendre le gâteau pour ouvrir mon paquet. Les garçons me promirent de ne pas m'importuner avant le lendemain. Kashima-san ne m'adressa pas la parole.

Les minutes qui me séparèrent du goûter me semblèrent interminables. J'étais comme droguée. L'*éléphant* que j'allais recevoir se tiendrait au sommet des trésors acquis au cours de toute mon existence. J'essayais de deviner la taille de son appendice nasal et s'il allait être lourd à porter.

Je lui trouverais un nom : Éléphant. Ça lui irait à merveille.

L'heure tant attendue arriva et je fus invitée à venir manger le gâteau. Le sang dans mes veines battait au rythme d'un morceau de heavy métal - le volume réglé au maximum. Aucune trace de cadeau. Peut-être l'avait-on camouflé.

Le déroulé classique d'un anniversaire s'ensuivit : éteindre les trois petites flammes, faire un vœu, une part par assiette, un ou deux refrains...

- Quand vais-je ouvrir mon paquet ? questionnai-je, n'y tenant plus.

- On ne peut pas encore te le montrer, répondirent mes géniteurs d'un air malicieux.

D'une voix angoissée :

- Vous n'allez pas m'offrir ce que je voulais ?

- Plus intéressant encore !

Pour moi, il ne pouvait rien y avoir de plus intéressant sur terre : je redoutai une catastrophe.

- Vous pouvez me dire ?

On m'accompagna jusqu'à la mare entourée de roches.

- Baisse les yeux.

Trois carpes, pas du tout factices, nageaient en tout sens.

- Comme tu t'intéresses de prêt à la faune aquatique et que tu adores spécialement *les carpes*, nous avons imaginé t'en donner trois, autant que ton âge : nous avons bien fait, non ?

- Merci. (Je restai donc courtoise malgré ma stupéfaction.)

- Elles ont des robes de couleur *orange*, *verte* et pour la dernière, *argentée*. Ne sont-elles pas en parfaite harmonie ?

- C'est vrai, prononçai-je en même temps que me venait à l'esprit le mot « affreuses ».

- Elles sont sous ta responsabilité. On a prévu une belle quantité de *galettes de riz soufflé* : regarde, tu les réduis en grosses miettes avant de les leur donner. Ça te plaît ?

- Beaucoup.

Ténèbres et châtiments. Il aurait mieux valu que je n'aie pas de cadeau.

Je n'avais pas choisi l'hypocrisie pour rester polie : je n'aurais pas su trouver les mots pour exprimer mon niveau de contrariété, nulle formulation ne pouvait retranscrire, ne serait-ce, qu'une once de mon désarroi.

Parmi l'inventaire des innombrables mystères ayant trait aux individus, on peut inclure cette recherche : comment fonctionne le cerveau des géniteurs désireux de bien faire lorsque, en plus d'avoir une image complètement faussée de leur progéniture, ils se permettent de choisir pour eux ?

On a l'habitude de poser cette question : « Qu'est-ce que tu aurais aimé faire comme métier une fois grande ? ». Concernant ma famille, il est préférable de demander à mes créateurs ce qu'ils imaginaient pour moi : les professions qu'ils citent sont celles que j'ai toujours fuies.

À mes trois ans, ils affirmaient que je m'intéressais follement à la pisciculture et aux *carpes* en particulier. À mes sept ans, ils déclarèrent que j'étais sûre de vouloir suivre les traces de mon père. À mes douze ans, ils se confortaient dans l'idée que leur petite dernière serait en tête de liste de tel ou tel parti. Et pour finir, à mes dix-sept ans, ils savaient que je deviendrais la grande *avocate* de la maison.

Parfois, j'essayais de trouver une raison aux débordements de leur imagination. Mais à chaque fois, remplis d'assurance, ils m'expliquaient que « c'était évident » et que « tous le pensaient ». Si alors j'étais curieuse de comprendre ce que désignait le « tous », ils répondaient :

- Tous, voyons !

On pouvait difficilement les contredire.

Retournons *à mes* trois ans. Pour suivre les projections de mes parents concernant ma future carrière dans l'élevage de poissons, je fis en sorte, dans le but de leur être agréable, de me transposer dans la peau d'une amoureuse de créatures écailleuses.

Sur plusieurs cahiers à pages blanches, à l'aide de mes *crayons de couleur*, je fis le croquis d'un nombre incalculable de ces animaux aquatiques. J'en changeais l'envergure des *nageoires*, le nombre de *nageoires*, la couleur et les motifs de leurs robes (*à pois, à rayures*...)

- C'était une bonne idée de cadeau ! se réjouissaient ma mère et mon père devant mes beaux dessins.

J'aurais pu en rire. Il eût fallu pour cela que je ne sois pas obligée de donner tous les jours à manger aux carpes.

Je prenais une poignée de *galettes de riz soufflé* dans la réserve, et me rendais jusqu'au bassin. Alors, je déchirais la nourriture compactée pour obtenir l'équivalent de grains de maïs soufflé que je lançais, de ma hauteur, dans la masse liquide.

Je trouvais cette tâche plutôt amusante. Mes soucis commençaient juste après, lorsqu'apparaissaient les affreuses bouches béantes prêtes à engloutir leur repas.

Les trois orifices avaleurs qui sortaient du bassin semblaient détachés du reste. Ces trous m'écœuraient profondément.

Mes géniteurs, toujours à l'affût d'une trouvaille, me firent cette suggestion :

- Il y a trois carpes et il y a toi, *ta sœur* et *ton frère* : trois enfants. Et si tu baptisais chacune d'elles avec vos trois prénoms ? Par exemple, *l'orange* serait André, *la verte* Juliette et *l'argentée* se nommerait comme toi.

J'imaginai une excuse polie afin d'échapper à la catastrophe anthroponymique.

- Je ne préfère pas. Ça rendrait Hugo malheureux.

- Tu as raison. Et si on en prenait une autre ?

Je n'avais pas une seconde à perdre avant de trouver une parade, quelle qu'elle soit.

- En fait, j'ai eu le temps de les baptiser.

- C'est vrai ? Avec quels noms ?

Je devais tout de suite trouver un trio, un trio célèbre...

J'annonçai :
- Jésus, Marie, Joseph.
- Jésus, Marie, Joseph ? Es-tu certaine que ça s'adapte aux carpes ?
- Oui, dis-je sans hésitation.
- Bon. Laquelle est Marie ?
- *La verte.* Joseph, *l'orange* et Jésus, *l'argentée.*
Maman trouva somme toute assez drôle qu'un poisson se nomme Joseph. On valida les prénoms que j'avais choisis.

C'est ainsi que quotidiennement, à l'heure où l'astre rayonnant atteignait son zénith, je pourvoyais à la sustentation du trio divin. Messagère de Dieu pour le monde aquatique, j'offrais le sacrement à *la galette de riz*, la coupais en deux puis la jetais dans l'eau en annonçant :
- *Ceci est mon corps livré pour vous.*
Tout de suite apparaissaient les horribles tronches de Jésus, Marie, Joseph. Dans un bouillonnement bruyant, leurs corps déchaînés se poussaient afin d'ingurgiter un maximum de caca alimentaire.
Difficile d'imaginer que cette nourriture ait tant de saveur qu'on se bagarre pour elle. Je mis un bout de polystyrène dans ma bouche : zéro saveur. On n'aurait pas senti autre chose en avalant du plâtre.

Malgré cela, c'était un sacré spectacle d'observer ces idiotes de carpes batailler ferme leur morceau de gras, sans gras, plein d'eau, assurément ignoble ! Ces grosses bestioles me dégoûtaient au plus haut point.

J'essayais, pendant que j'éparpillais les galettes, de fixer un point éloigné des gueules de cette populace. Voir manger les terriens est déjà assez écœurant, cela reste cependant un moindre mal mesuré aux répugnants orifices de Jésus, Marie, Joseph ! Un trou de caniveau se montrerait bien plus attrayant. La largeur de leur bouche frôlait la largeur de leur ventre, si bien qu'on pouvait y voir la forme d'un cylindre. Mais la bouée visqueuse sur le pourtour de l'orifice me fixait de ses yeux de bourrelet amer et salé. Cette valve émettait des sons abjects à chaque fois qu'elle faisait un mouvement, dans un sens ou dans l'autre. Des trous qui engloutissaient leur pitance et qui m'engloutiraient ensuite !

J'avais pris l'habitude d'accomplir ce travail les paupières closes, seule façon d'en réchapper. Mes doigts prenaient le contrôle sur ma vue, égrainaient le riz soufflé et projetaient les morceaux dans une direction approximative. Un concert de « paf, paf, gluc, gluc » annonçait la réussite de l'opération « tirs de denrées » parfaitement pistée par le trio divin - agissant comme un peuple au ventre vide. Je détestais aussi ce fond sonore, malheureusement, je n'avais pas assez de mains pour les poser de chaque côté de ma tête.

Les carpes m'ont initié à la répugnance. Je trouve ça bizarre. Je n'avais pas encore trois ans quand j'observais des batraciens écrabouillés, quand je créais des sculptures à partir de mes étrons, quand j'examinais la matière sortie du nez de Juliette malade, quand je touchais une tranche de *foie de veau* sanguinolente et pourtant, je n'avais jamais ressenti la moindre répugnance, seul l'approfondissement du sujet m'intéressait alors.

Aussi, je ne comprends pas comment les orifices buccaux de ces poissons-là ont pu me chambouler à ce point, me choquer, me tétaniser, ouvrir un gouffre ténébreux, me retourner l'âme et la chair. C'est une énigme.

Je peux croire que la seule particularité qui distingue les hommes entre eux se résume à ça : parle-moi de ce qui te répugne et je pourrais faire un portrait exact de toi. Nous n'avons pas de tempérament, nos désirs se ressemblent tous. Pour vraiment nous définir, on ne peut compter que sur la liste de nos dégoûts.

Une décennie était passée quand, étudiant *le latin*, je lus ces mots : « *Carpe diem* ».

Cette conversion en français me vint sans réfléchir : « Une carpe par jour ». J'avais naturellement imaginé la plus méchante des expressions possibles, reflet du traumatisme passé.

Ces mots signifiaient en fait « *Cueille le jour* ». *Cueille le jour* ? Ben voyons. De quelle façon peut-on profiter du moment présent lorsqu'on passe sa matinée à appréhender le martyr qu'on vivra à midi et qu'ensuite, on passe le restant de la journée à s'en souvenir ?

Je tentais d'oublier. Malheureusement, cette maîtrise-là n'est rien moins que facile. L'Homme nagerait dans le bonheur s'il pouvait, à sa guise, oublier ses difficultés.

Ce serait un peu comme vouloir réconforter Blandine lorsqu'elle attend dans l'arène en lui conseillant : « À ta place, j'oublierais *les lions* ! »

Ce rapprochement n'est pas gratuit : je sentais mon corps se délayer petit à petit dans le ventre des poissons-cylindres. Je perdais du poids. Lorsqu'on me demandait de venir manger, juste après ma sale besogne, j'étais incapable d'ingurgiter quoi que ce soit.

Une fois couchée, le noir de ma chambre se remplissait de gueules grandes ouvertes. La tête recouverte par l'*oreiller*, j'en gémissais de terreur. Les images semblaient tellement réelles que je sentais les lourds cylindres rugueux et ondulants se serrer contre moi sous les couvertures, leurs lèvres charnues et gelées m'embrassant à pleine bouche. Je devenais la maîtresse-enfant de rêves érotico-aquatiques.

Jonas et la baleine ? Un petit joueur ! Il n'avait pas à se plaindre bien au chaud dans l'antre du colosse. J'aurais mille fois préféré remplir l'intérieur de la *carpe* en tant que garniture, cela m'aurait évité le pire. Ma répugnance ne me venait pas face à ses entrailles, mais face à son orifice qui s'ouvrait et se fermait dans des spasmes libidineux - et qui me forçait à l'embrasser au cours de nuits qui n'en finissaient pas. Ces mauvaises rencontres répétées avec ces monstres - comme sortis de tableaux de Jérôme Bosch - transformèrent mes nuits de veille, jadis merveilleuses, en épisodes cauchemardesques.

Peur concomitante : à force d'être embrassée de la sorte, ne risquais-je pas de quitter le genre humain, d'être transformée en *silure* ? Je me tâtais les flancs, à l'affût des premiers signes de mutation.

Apparemment, atteindre trois ans n'avait aucun intérêt. Les Japonais avaient vu juste en faisant correspondre à ce chiffre la limite de l'ère sacrée. On nous enlevait - si jeune ! - un élément irremplaçable que jamais on ne retrouvera : cette douce croyance que l'ensemble de ce qui nous entoure ne connaît aucune limite de temps.

Mes géniteurs avaient parlé de mon entrée prochaine à *l'école maternelle* nippone : cette information sentait la catastrophe à plein nez. Comment ! Sortir de mon paradis floral ? Qu'on m'attache à une meute de geignards ? Impensable !

Ce n'était pas tout. Une angoisse montait jusqu'à atteindre le cœur de mon paradis. Les végétaux paraissaient au maximum de leurs capacités. Les feuilles, trop nombreuses, affichaient des couleurs saturées en *vert*, le gazon semblait tout gonflé, les pétales s'ouvraient en grand tels des ventres énormes manquant de faire sauter les boutons de chemise. À deux semaines de septembre, les végétaux affichaient le visage bouffi des retours de fête. L'énergie que j'avais devinée présente en tout point de l'univers devenait une charge, pesait comme un lest.

Je n'en avais pas conscience, mais j'allais être confrontée à l'une des vérités de ce monde : si un corps n'a plus d'élan, il fait marche arrière. D'abord l'extension, ensuite la rétractation et nulle autre possibilité. Il n'y a pas de summum autrement qu'en mirage. La saison qui suivait le printemps ne comptait pas : le printemps s'étendait jusqu'à l'explosion des ardeurs, dans le bouillonnement de sang vert, mais aussitôt que l'élan stoppait, la dégringolade suivait.

À partir du milieu du huitième mois, la vie perd du terrain. Même s'il est vrai que les robes des végétaux sont encore bien vertes, même s'il est vrai qu'on ne peut pas du tout imaginer voir reluire le crâne blanc des feuillus, que les plantes se montrent d'une sensualité renversante et que les terrasses sont florissantes, malgré ces signes apparents de prospérité, de faste, cette période bénie ne durera pas puisque tout bouge tout le temps.

À trois ans, on n'a pas conscience de cette loi universelle. Rien ne m'aurait amené à déclamer, tel le souverain à la veille de son trépas : « *Ce qui doit finir est déjà fini.* » Je n'étais pas apte à retranscrire la nature de mon malaise. Pourtant, je devinais clairement l'amorce du déclin. Le monde végétal avait un comportement excessif, c'était suspect.

Une personne à qui j'aurais posé la question aurait sûrement cité les quatre périodes qui découpent l'année.

À trois ans, on ne vit que dans le présent et on n'a pas suffisamment de souvenirs pour observer la réapparition de certains phénomènes, climatiques ou autres : *à trois ans*, le passage de l'été à l'automne est une catastrophe irrémédiable.

À deux ans, les transformations alentour nous passent au-dessus de la tête. *À quatre ans*, on s'en rend compte, mais elles ne nous font plus peur, car on s'en rappelle, elles se normalisent. *À trois ans*, on vit une terreur sans nom : on constate, mais on ne maîtrise pas l'information. Nul précédent n'est à découvrir dans les tiroirs de l'administration du cerveau ; rien de réconfortant. À cet âge charnière, on ne pense pas à chercher d'éclaircissements auprès des adultes : on ne sait pas qu'ils sont censés connaître les rouages de la vie - sont censés.

À trois ans, on ressemble à un extra-terrestre. On arrive sur une nouvelle planète : c'est enivrant et effrayant. On est le témoin de nouvelles façons de faire, incompréhensibles, et on n'a pas les modes d'emploi. De là, il faut en tirer des conclusions générales. Le monde doit être décrypté à longueur de journée : tâche d'une ampleur folle pour un être qui vient juste d'apprendre à déchiffrer les mots.

Une hirondelle ne fait pas le printemps. À trois ans, on souhaiterait qu'on nous dise combien il faut d'oiseaux pour prouver une existence. Un camélia qui sèche ne veut pas dire que c'est l'automne. Pas même deux pivoines flétries, on imagine. Mais le mauvais pressentiment demeure. Quel est le nombre de fleurs fanées qui déclenchera, en notre for intérieur, la sirène du convoi funèbre ?

Tête chercheuse dans un univers de plus en plus complexe, j'aimais me retrouver seule avec ma *toupie*. Je la croyais détentrice de vérités capitales, malheureusement, je ne comprenais pas ce qu'elle me disait.

Quelques jours avant septembre. Les douze coups sonnent. Il faut donner leur ration aux poissons. Calvaire.

Allez ! Tu es habituée maintenant. Ça ne t'a pas tuée jusque-là. Plus vite ce sera fait, mieux ce sera.

Je récupère leur repas dans la réserve et me rapproche du bassin. L'astre incandescent, au zénith, transforme l'étang en éclatant miroir qui, tout de suite, se perce en trois endroits : dès qu'ils m'ont aperçue, Jésus, Marie, Joseph font des bons hors de l'eau, déclarant les festivités ouvertes.

Lorsqu'ils arrêtent de croire qu'ils sont des super-héros voltigeurs - N'ont-ils pas honte ? Se sont-ils déjà regardés dans une glace ? -, ils placent leurs orifices béants à la surface de l'eau et guettent leur pitance.

Je balance des morceaux. Le trio de bouches s'abat sur eux. Les cylindres engloutissent. Quand il y a à nouveau de la place, ils en redemandent, à corps et à cris. Leurs gueules semblent suffisamment larges pour qu'on y aperçoive leurs intestins en s'inclinant. Tout en jetant la nourriture, j'ai le temps d'observer le trio et je suis graduellement envoûtée : habituellement, les êtres vivants ne montrent pas l'envers de leurs chairs. Imaginez les humains se baladant la panse ouverte ?

Les carpes ont transgressé un des principaux interdits : elles me forcent à regarder leurs boyaux à découvert.

La chose te semble dégoûtante ? Tes intestins leurs ressemblent ! C'est sans doute l'explication de ton envoûtement : tu as vu la ressemblance. Penses-tu que les humains puissent être rangés à part ? Même s'ils s'alimentent plus proprement, ils s'alimentent : les organes de *ta mère*, de *ta sœur*, ressemblent aux leurs.

À quelle espèce penses-tu appartenir ? Un cylindre issu d'un autre cylindre, voilà l'essentiel de ton être. Depuis quelques mois, tu pouvais croire à ta belle transformation, au développement de ton esprit. Balivernes. N'est-ce pas de croiser ton affreux reflet dans le fond de ces poissons qui te rend nauséeuse ? Rappelle-toi que tu resteras un cylindre, quoi qu'il advienne.

J'enraye ces terribles pensées. Cela fait quinze jours, à heure fixe, que je fais face à l'épreuve de l'étang. En toute apparence, je n'arrive pas à m'y faire, je réagis de plus en plus mal à cette ignominie. Cela dit, ma réaction de rejet que je pensais maniérée, puérile, ne correspondrait-elle pas à un avertissement divin ? C'est pourquoi je dois braver cette répugnance afin d'y voir clair. Je ne dois plus arrêter mes pensées.

Observe bien. Observe en détail et en grand. L'existence se résume à ce que tu as sous les yeux : une peau tendue, des boyaux, une panse profonde qui veut qu'on la garnisse. L'existence ressemble à ce cylindre qui absorbe tout pour n'en garder rien.

Je suis à côté du bassin, je regarde les extrémités de mes jambes : je ne leur fais pas confiance. Mon regard se lève pour observer mon paradis fleuri. Il ne représente plus ce lieu idéal, fermé, où j'étais en sécurité. Il abrite désormais la fin annoncée.

Si tu dois te décider en faveur de l'existence (les béances des *carpes* avaleuses), ou en faveur de sa fin (la décomposition graduelle des fleurs, des plantes...) vers quoi te tournes-tu ? Ces deux visions te donnent-elles pareillement des haut-le-cœur ?

Mon cerveau se bloque. Mes membres vibrent. Mon regard plonge dans les trous béants des bêtes. Je grelotte. L'envie de vomir me vient. Le bas de mon corps flageole. J'arrête de me battre. Le liquide m'appelle, j'y vais.

Mon crâne se cogne aux roches des profondeurs. J'ai très mal, mais l'instant d'après, je ne sens plus rien. Je ne contrôle plus mes gestes. Ma silhouette se place parallèlement à la surface, la tête et les jambes alignés, le regard vers le haut. On peut dire que je flotte à égale distance entre le fond du bassin et l'extérieur. Je reste maintenant immobile. Tout est à nouveau tranquille. La peur a disparu : elle a été remplacée par un réel bien-être.

Le parallèle me semble étonnant : au cours de ma première mise à mort par l'eau, j'avais ressenti un soulèvement, une colère, le désir fort de m'en sortir ; c'est loin d'être le cas en cet instant. Bon, en même temps, je l'ai cherché. C'est dire, l'absence d'oxygène ne me trouble aucunement.

Parfaitement calme, j'admire les nuages via le prisme de l'eau. Les rayonnements de l'astre du jour sont absolument magnifiques depuis ce poste d'observation subaquatique - cette vérité m'avait été dévoilée lorsque la mer m'avait happée.

Je suis complètement détendue. Il ne m'avait pas été donné, avant cet instant, de connaître un tel état de sérénité. De ce point de vue, tout me plaît. L'eau m'a si bien incorporée qu'aucune onde ne part de moi. Fâchés de ma venue, les poissons-cylindres remplissent un angle du bassin et restent immobiles. Il n'y a pas une ride à la surface, pas un pli en dessous : je peux admirer les hauts végétaux de mon paradis vert aussi bien que je le ferais derrière une baie vitrée. Je fixe mon attention sur les *bambous* : plus que tout ce qui existe sur cette terre, ils méritent qu'on s'extasie sur eux. La large paroi d'eau qui m'en éloigne, décuple leur éclat.

La joie peut se lire sur mon visage.

Tout d'un coup, une ombre me cache une partie des bambous : le fin profil d'une personne inclinée se précise au-dessus du bassin. Qui que ce soit, j'imagine qu'elle cherchera à me sortir de là et ça me désole. Si on ne peut plus mettre fin à ses jours sans être dérangée !

Je me suis trompée. Je commence à distinguer derrière ma vitre liquide le visage du témoin : Kashima-san. Mon inquiétude s'évanouit dans l'instant. Son respect des traditions nippones, conjugué à son aversion pour moi me rassure sur le fait qu'elle me laissera mourir en paix.

Je constate que les traits fins de Kashima-san n'expriment aucune émotion. Son corps, aucun mouvement. Elle me fixe. Se rend-elle compte de mon bien-être ? Impossible de le dire. Il est très difficile de connaître les pensées d'une antique Japonaise.

Heureusement, je peux compter sur elle pour ne pas intervenir.

Je dois être au milieu de la route qui me sépare de l'éternité, mes pensées raisonnent paisiblement dans ma tête :

« Je me doutais que nous nous accorderions, Kashima-san. Il ne faut rien changer. Lorsque mes poumons s'étaient remplis d'eau la première fois et que je constatais qu'aucun témoin de la scène n'intervenait, j'étais sous le choc. Aujourd'hui, par ton biais, j'accepte leur comportement. Leur quiétude ressemblait à la tienne.

Ils n'avaient pas l'intention de dérégler la marche du destin qui avait choisi pour moi la noyade. Ils avaient conscience qu'essayer d'en changer le cours serait vain : si tu dois mourir par l'eau, par l'eau tu mourras. J'en suis le bon exemple puisque ma mère m'a arrachée aux bras liquides et qu'ils me reprennent néanmoins. »

J'ai l'impression que le visage de Kashima-san exprime la joie : simple hallucination ?

« Tu fais bien. Lorsqu'une personne atteint son but ultime, on doit être content pour lui. Je n'aurai plus rendez-vous avec les *carpes* pour leur déjeuner et je ne partirai pas demain ou plus tard de ce pays que j'aime tant : quel soulagement. »

Maintenant j'en suis sûre : Kashima-san affiche un rictus de contentement - pour la première fois devant moi. Elle s'éloigne ensuite d'un pas lent. Je me retrouve seule à seule, face à mes derniers instants de vie. Je suis sûre que Kashima-san ne donnera pas l'alerte. Et c'est vrai.

Mourir est assez long. Je n'arrive pas à mesurer la distance parcourue sur ce chemin qui me guide vers l'au-delà. Je songe à Kashima-san. Je n'ai rien connu de plus captivant que le visage d'une personne assistant à votre trépas sans broncher. Dans son cas, en une seconde, elle aurait pu m'extirper de l'eau et sauver cette toute jeune existence. Cela aurait pu, seulement, cela n'aurait pas été conforme à la vraie Kashima-san.

J'en suis là et je suis vraiment contente d'une chose : désormais, j'en ai fini avec l'angoisse de perdre la vie.

L'année 1945, à Okinawa, langue de terre entourée d'eau située en bas du territoire nippon, quelque chose est arrivé - quelle chose ? Une chose sans nom.

On venait de déposer les armes depuis peu. Ceux qui vivaient à Okinawa avaient compris qu'il n'y avait plus d'espoir de victoire, d'ailleurs, les Américains, arrivés dans la cité, ne tarderaient pas à l'envahir. On leur avait demandé de cesser tout combat.

Ils n'en savaient pas plus. Il y a longtemps, leurs supérieurs avaient prédit pour tous la mort par les américains ; ils avaient gardé en tête cet oracle. Dans un même mouvement, les militaires étrangers avaient amorcé leur marche, quand les habitants de l'île avaient débuté leur retraite. Ceux-ci marchaient en avant d'un pas triomphant, en même temps que ceux-là marchaient à reculons devant l'adversaire. Il en fut ainsi jusqu'à la pointe qui se dressait bien droite, loin au-dessus de l'eau. Convaincus qu'ils allaient être exterminés, la plupart d'entre eux préférèrent rejoindre les ténèbres en sautant de la falaise.

Un dénivelé immense et des rochers au sol extrêmement bien taillés ne laissèrent pas une seule chance aux Japonais qui sautèrent. Lorsque les américains atteignirent la pointe, ce qu'ils virent les remplit d'effroi.

En 1989, j'ai voulu me rendre sur les lieux. Aucune information, aucun panneau ne fait référence à ce drame. Des *milliers* d'individus ont mis fin à leur jour en l'espace d'une poignée d'*heures* et cela semble n'avoir rien changé au décor. L'eau a digéré les chairs sanglantes. Dans ce pays, la mer, les fleuves et les rivières causent plus de décès que le *seppuku*.

On ne peut faire autrement, quand on est dans ce lieu, que d'imaginer ce qui a pu se passer dans la tête de ceux qui choisirent ensemble l'issue fatale. Un bon nombre d'entre eux crurent certainement qu'ils allaient subir des sévices et ont préféré y échapper en se donnant la mort. On peut également penser que la beauté du site n'a pas été pour rien dans l'élan qui unit leur vie à l'amour de leur pays.

Quoi qu'il en soit, cette tragédie se formule simplement : du sommet de ces terres sublimes, des *milliers* de personnes ont choisi d'en finir avec la vie pour ne pas que d'autres la leur retirent, des *milliers* de personnes se sont livrés d'eux-mêmes à la *mort,* qu'ils craignaient trop. Le raisonnement qui soutient cette contradiction me stupéfait.

La question n'est pas d'être d'accord ou non avec ce qu'ils ont fait. Ils s'en ficheraient pas mal de notre opinion les morts d'Okinawa. Simplement, je continue de croire que le motif le plus sensé quand on met fin à ses jours se trouve dans la crainte de disparaître à jamais.

À trois ans, je ne pense pas à ça. Je veux que l'eau me fasse la peau. Ça ne devrait pas tarder à arriver puisque mon existence repasse maintenant sous mes yeux. La faible longueur de celle-ci suffit-elle à expliquer que l'ensemble soit flou ? Un peu comme lorsque, le nez contre la vitre du wagon, on cherche à déchiffrer, par curiosité, les lettres des villes traversées et que la vitesse est trop grande pour qu'on y arrive. Tant pis. Je plonge dans un espace douillet dont la peur est exclue.

Le « Je » que j'utilise depuis une demie année disparaît doucement au profit du « il » et du « elle ». Celle qui perd la sève de l'existence, semble reprendre forme dans le cylindre qu'elle n'avait sans doute pas quitté.

Dans peu de temps maintenant, le tube redeviendra tube et l'eau bénie (qui fait disparaître) le traversera de part en part. Ainsi ne subsistera plus de traces d'activités vaines, seul le liquide aura la voie libre.

C'est alors qu'on empoigne la chose inerte du côté du col, qu'on la remue tant et si bien que le « Je » malmené se dégage.

Mon torse se remplit d'oxygène alors qu'il se pensait ventricules de poisson. La souffrance est telle que je pousse un cri terrible. Je reviens de l'au-delà. Mes paupières s'ouvrent à nouveau et Nishio-san m'apparaît dans le rôle de la sauveteuse.

Elle vocifère, demande du secours. Comme moi, elle appartient encore au monde. Elle traverse à toute allure la demeure en me plaquant contre son torse. Elle rejoint ma mère qui, devant mon état, hurle :

– Vite, *à l'hôpital de* Kobé !

Nishio-san rejoint le véhicule aussi vite qu'elle peut. Elle tente de lui expliquer dans un méli-mélo *de français, d'anglais, de japonais* et de geignements, comment j'étais lorsqu'elle m'a extraite de l'eau.

Aussitôt larguée à l'arrière de la voiture, ma mère part en quatrième vitesse et ne décélère pas, prenant le risque de me tuer une seconde fois. Elle imagine sûrement mes neurones sous le choc pour avoir besoin de me raconter l'accident :

– Tu donnais à manger aux carpes, tu as dérapé et tu t'es retrouvée dans l'eau. Si ta tête n'avait pas heurté une roche, tu te serais débrouillée pour regagner le bord, malheureusement, tu t'es évanouie.

J'entends parfaitement ce que ma mère me dit, mais je n'y crois pas : je n'ai aucun doute sur le déroulé des événements.

Elle cherche mon approbation :

- Tu t'en souviens ?

J'acquiesce.

Je me souviendrai surtout de ne plus jamais lui donner mon opinion sur le sujet, d'en rester à son interprétation. De toute façon, comment pourrais-je exprimer ma réalité : « *suicide* » ne fait pas encore partie de mon vocabulaire.

J'éprouve quand même le besoin de lui dire quelque chose :

- J'arrête de donner à manger aux poissons !

- Évidemment. C'est normal. Tu crains que ça ne se reproduise. Je te jure que tu n'auras plus à le faire.

J'accepte volontiers cette petite consolation qui justifie à elle seule ma tentative de suicide.

- Je te serrerai contre moi et nous les nourrirons toutes les deux !

Mes paupières s'affaissent. Il me faut retourner à la case départ.

Arrivées aux *urgences*, ma mère m'explique :

- Ton crâne est ouvert.

Quelle information ! Toute en joie, je demande des détails :

- À quel endroit ?

- Devant, à l'endroit où tu as touché une pierre.

- C'est très ouvert ?

- Plutôt : ça coule pas mal.

Elle touche le côté de ma tête et me présente le bout de ses mains peintes en rouge. Émerveillée, je pose *mon index* au milieu du trou ensanglanté - je ne me rends pas compte que ce geste confirme que je n'ai pas toute ma raison.

- J'ai touché un creux.

- C'est ça : tu as un trou.

J'observe le rouge de mon doigt, ravie.

- Je peux avoir une glace ? J'ai envie d'observer la blessure sur mon front !

- Reste tranquille.

Les soignantes s'affairent sur ma personne et tranquillisent maman. Je ne fais pas attention à ce qu'elles se disent. La seule chose qui m'intéresse est ma large blessure. Comme je n'ai aucun moyen de la regarder, je m'en fais une idée précise. Je me représente une crevasse, en bordure de visage. J'en tremble de joie.

Je retourne voir la blessure avec mon index : je veux m'y glisser jusqu'au cerveau pour le visiter. Une soignante arrête mon geste avec gentillesse. J'ai donc également perdu la main sur mon anatomie.

- On doit te mettre des fils, annonce maman.

- Comme pour raccommoder un vêtement ?

- Oui, ce n'est pas très différent.

Je ne me rappelle pas avoir eu une anesthésie. J'ai l'image du docteur en contre-plongée, tenant à la main le cordon foncé enfilé dans l'éperon miniature, en plein travail de reprise sur le côté de mon crâne, ressemblant à un styliste concentré sur les dernières rectifications exécutées directement sur la personne à habiller.

Voilà comment se termina l'unique fois où je voulus me donner la mort.

À aucun moment, devant mes géniteurs, je n'ai contredit la thèse de la simple chute.

De la même manière, il ne fût pas évoqué le fait que Kashima-san n'avait absolument rien tenté pour me sauver. Elle aurait forcément eu de gros problèmes. Elle me détestait et était probablement ravie à l'idée que je disparaisse. Il me paraît toutefois probable qu'elle ait deviné la sincérité de mon acte et qu'elle n'ait pas voulu s'y opposer.

Étais-je déçue de ne pas avoir atteint mon but ? Certainement. Pouvais-je dire que je regrettais qu'on m'ait secourue in extremis ? Certainement pas. Je choisis alors d'être détachée de tout. Finalement, je me souciais peu d'exister ou de ne pas exister. Il ne s'agissait que d'une question de temps.

Même maintenant, je ne suis sûre de rien : n'était-ce pas la bonne issue, celle qui s'offrît à moi dans ces derniers jours d'août 1970 ? Qui peut le dire ? La vie m'a toujours plu, cependant, il n'est pas exclu que je me serais encore plus amusée dans l'au-delà ?

Peu importe. Quoi qu'il en soit, il ne s'agit que de survie :

le moment venu, il ne sera plus l'heure de tergiverser - on aurait beau y mettre une énergie colossale qu'on ne pourrait pas avoir gain de cause.

Il y a une chose dont je suis sûre : pendant que je cheminais de la vie à la mort, j'ai connu un profond bien-être.

Il m'arrive de penser que ce n'était qu'un songe, que cet acte initiatique trouvait sa source dans mes désirs inconscients. Quand cela arrive, je pars chercher mon reflet dans une glace, je tourne légèrement la tête sur la droite pour qu'apparaisse, sur le bas de mon front, le sceau incontestable de la réalité.

À partir de là, ma vie ne connut pas d'autres événements.